U0928705

名家经典散文丛书

写给缪斯女神的信

（意）路伊吉·皮兰德娄　著
吴潇越　译

江苏凤凰文艺出版社
JIANGSU PHOENIX LITERATURE AND ART PUBLISHING, LTD

图书在版编目（CIP）数据

写给缪斯女神的信 / (意) 路伊吉·皮兰德娄著；
吴潇越译. -- 南京：江苏凤凰文艺出版社，2018.4（2024.2 重印）
（名家经典散文丛书）
ISBN 978-7-5594-0652-1

Ⅰ. ①写… Ⅱ. ①路… ②吴… Ⅲ. ①散文集－意大利－现代 Ⅳ. ① I546.65

中国版本图书馆 CIP 数据核字 (2017) 第 133943 号

书　　名	写给缪斯女神的信
著　　者	（意）路伊吉·皮兰德娄
译　　者	吴潇越
责任编辑	黄孝阳　王　青
出版发行	江苏凤凰文艺出版社
出版社地址	南京市中央路 165 号，邮编：210009
出版社网址	http://www.jswenyi.com
印　　刷	三河市双升印务有限公司
开　　本	880 × 1230 毫米　1/32
印　　张	8
字　　数	190 千字
版　　次	2018 年 4 月第 1 版　2024 年 2 月第 4 次
标准书号	ISBN　978-7-5594-0652-1
定　　价	69.80 元

（江苏凤凰文艺版图书凡印刷、装订错误可随时向承印厂调换）

目录

第一辑　戏剧与幽默

幽默主义 / 003
得来全不费工夫 / 018
但丁的诗 / 030
会说话的动作 / 047
戏剧与文学 / 055
意大利戏剧介绍 / 065
关于戏剧 / 093
新戏剧和旧戏剧 / 102
意大利的幽默大师 / 125

第二辑　写给缪斯女神的信

1925 年 / 156
1926 年 8 月 5 日 / 157
1928 年 7 月 4 日 / 159

1928 年 9 月 21 日 / 162
1929 年 3 月 14 日 / 164
1929 年 3 月 31 日 / 167
1929 年 5 月 1 日 / 169
1929 年 6 月 9 日 / 172
1929 年 7 月 1 日 / 175
1929 年 9 月 13 日 / 178
1929 年 10 月 1 日 / 181
1929 年 11 月 4 日 / 183
1930 年 2 月 27 日 / 186
1930 年 3 月 1 日 / 189
1931 年 4 月 1 日早上 / 192
1931 年 4 月 1 日晚上 / 195
1930 年 4 月 2 日 / 198
1930 年 5 月 1 日 / 200
1930 年 7 月 23 日 / 202
1930 年 10 月 10 日 / 205
1930 年 12 月 5 日 / 208
1931 年 1 月 1 日 / 210
1931 年 3 月 2 日 / 213

1931 年 6 月 1 日 / 216
1931 年 7 月 16 日 / 219
1931 年 8 月 1 日 / 221
1931 年 9 月 15 日 / 224
1932 年 1 月 18 日 / 227
1932 年 2 月 1 日 / 229
1932 年 6 月 3 日 / 232
1932 年 8 月 4 日 / 236
1932 年 11 月 8 日 / 239
1932 年 12 月 1 日 / 242
1933 年 1 月 3 日 / 244
1933 年 2 月 9 日 / 246

▼ 第一辑　戏剧与幽默

One

幽默主义

亚历山德罗·德·安科纳[①]，曾对锡耶纳的切克·安奇奥利耶里[②]做过专门的学术研究。在他的这本著作中，德·安科纳首先向读者说明了这位公元十四世纪的诗人是多么地滑稽，但后来又笔锋一转，注意到："对我们来说，安奇奥利耶里是一个滑稽之徒，事实上的确如此，但绝不仅仅如此，更准确地说，他是一个幽默大师。我们长官们的脸孔都严肃恐怖，如同冰冷的武器一般，但是他们却从来不装腔作势，至少从未要求我们必须顺从到每一句话都要用法语或者德语说，毕竟不用意大利语说话的话我们无法表达自我。"

接着德·安科纳继续写道："况且，我们的语言中蕴含着丰富的想象空间，同时又带有恶作剧般的狡黠，还有令人惊艳的幽默感。更加可贵的是，我们每个人的灵魂与大脑的幽默神经都能

---

① 亚历山德罗·德·安科纳（1835—1918）：意大利作家、文学评论家、政治家、意大利民俗研究学者。

② 切科·安奇奥利耶里（1260—1313）：与但丁同时代的意大利诗人。

够深刻地感受到语言与幽默诗作之间的紧密联系。意大利的土壤上的很多城市曾经都孕育出杰出的幽默大师，博洛尼亚、科尔托纳，还有罗马，我们希望政治的丑恶风气不要侵害到我们的艺术王国里来。”

“幽默”一词起源于拉丁语，这个词原意是指体液、汁液、蒸汽以及潮湿等，主要是物理性质的含义，当然后来也加入了一些感官上的释义，例如奇趣或者是神韵。“我的身体里有相当一部分是汁液，并且这些汁液给予我从来没有过的愉悦和乐趣 。”（柏拉图）在这句话里面，“汁液”一词很明显没有物理性质的释义，因为我们知道，自古以来，身体里面的任何一种体液都会被认为是疾病的征兆或者是起因。

一本记载钉马蹄铁术的古书中曾经如此写道：“人的体内有四种液体：血液、粘液、黄胆汁和黑胆汁，正是这四种体液的相互混合程度决定了人体疾病与健康。”黑胆汁是一种体液，很多人认为它是黑色的胆汁，性寒质干，是极不好的物质。如果黑胆汁过多，机体一定会生病。西塞罗①和普林尼②都这么说过。圣

① 西塞罗（前 106—前 43）：罗马共和国晚期的哲学家、政治家、律师、作家、雄辩家。

② 普林尼（23—79）：老普林尼或大普林尼，古罗马作家、博物学者、军人、政治家，著作有《自然史》。

人奥古斯丁在他的布道中告诉人们："韭葱易生黄胆汁，而白菜易生黑胆汁。"

我们虽然讨论的是幽默主义，但是说一说幽默一词有关疾病健康的含义也很是有益的。就如我们的"忧郁"一词，在真正表示灵魂或者精神上的一种细腻情感或是激情的含义之前，它原先的词义是指一种能够左右人身体健康的体液——黑胆汁。

如果我们再往细了看，仔细观察的话，我们不难发现幽默与忧郁（体液与黑胆汁）这两个词在精神层面的含义上有着千丝万缕的联系。

这里还得补充一下，我所说的这种联系现象在我们的语言中并不少见，虽然我必须承认这种联系并不是轻而易举就能发现的。对我们而言，"幽默"一词，要么就是指其物理性质的含义，指汁液、体液，正如托斯卡纳方言中的一则谚语所说的"汁儿多的果不甜"；要么就是指心灵层面的含义，描述的是灵魂上的一种倾向、喜好、本性或者状态，又或是一种没有特定限制的幻想和调皮。所以在用这个词的时候我们需要加上一些修饰的词语，比如：令人悲伤的幽默，或者让人愉悦的幽默，好的幽默或者坏的幽默等等。

总而言之，意大利语中的"幽默"（umore）不全同英语中的“幽默”（humour）。英语中的“幽默”（humour），根据托马塞奥[1]所说，包含了所有美的幽默、好的幽默以及坏的幽默等种种含义。这似乎和之前所提到的圣人奥古斯丁提到的白菜有得一拼。

需要提醒一下各位看官的是，我们这里讨论的只是“幽默”一词，并非幽默本身，因为我们不希望各位误会成我们没有丝毫的幽默感，而只是我们认为“幽默”一词无法完全地展示以及充分融合幽默本身所具有的丰富内涵。

我们最终会发现，说到底，人们需要的是一个明确的区分。正如我们所感受到的那样，无论是美丽的幽默、善意的幽默、黑暗的幽默或者快乐的幽默，幽默总是幽默。这个幽默和英语中的幽默在本质上是一致的，但是唯一的差别在于，通过不同的语言或者不同的作者，幽默在传递的过程中也就有了不同的变化。

而且事实上，人们也不会认为英语中“幽默”一词和由其衍生出的“幽默主义”一词会比意大利语中的更加容易理解。

德·安科纳在他的关于安奇奥利耶里的文章中也承认：“要我给幽默下一个定义是非常困难的。”他说得有道理，所有人都这么说，关于德·安科纳的研究我们在下文中还会继续展开说。

---

① 托马塞奥（1802—1874）：意大利语言学家。

有关十八、十九世纪的这些试图区分幽默，给幽默下定义的尝试，巴尔登斯伯格[1]在他的一篇研究文章中以克罗齐[2]的方式做了总结（这篇文章我们之前提到过）。他的意思是指，我们可以说这个作家或者那个作家是一个幽默作家，但是人们不应该有任何关于幽默主义的概念。他的另一个观点是，需要完全支持卡萨米恩[3]的做法，他们认为幽默是违背科学定律的，因为有关幽默表现的特色元素和恒久不变的特征都是数量极小的、不易察觉以及很难被归纳的，相反不断变化的因素却占据大多数。是的，的确如此，约瑟夫·艾迪生[4]如是说："相比起说清楚幽默是什么，说清楚什么不是幽默要简单很多。"这些学者的努力我们似曾相识，十七世纪的时候我们曾花费了大量的精力去试图定义有关"才华"、"品味"和那些难以用言语表达清楚的概念。

至于有关幽默这一概念，德·安科纳继续说道："当然，想给幽默下一个定义相当不易，因为幽默的形式千变万化，不同的

---

① 巴尔登斯伯格（1871—1958）：法国学派的第一位代表人物。

② 克罗齐（1866—1952）：意大利著名文艺批评家、历史学家、哲学家，有时也被认为是政治家。

③ 卡萨米恩（1877—1965）：法国学者、文学评论家。

④ 约瑟夫·艾迪生（1672—1719）：英国散文家、诗人、剧作家以及政治家。艾迪生与其好友理查德·斯蒂尔创办的两份著名的杂志《闲谈者》与《旁观者》广为流传。

国家，不同的时代，不同的技巧都会让幽默的表现完全不同，拉伯雷[①]和佛伦哥[②]的幽默和斯特恩[③]、斯威夫特[④]的幽默就完全不一样，海涅[⑤]和缪塞[⑥]那溶于血液之中的幽默就更是另外一回事了。所以对于幽默而言，可能并不存在另外的形式，这与散文或者诗歌有着细微的差别，因为即使幽默与幽默之间确有差别存在，而读者们却在大多时候对于这种差别并没有清晰的认识，甚至有时候连作者自己也并不自知。但是也正是有这些差别的存在，幽默、讽刺、挖苦、俏皮、滑稽和喜剧都有不同的表达，所以里克特[⑦]认为有些幽默大师的脾气相当不好，甚至他们自己就是疯子。大众对于这一点是持支持态度的。此外我们还能够肯定的一点是，以幽默之名汇聚起来的公众的声音，是具有共同的背景的。”

---

① 弗朗索瓦·拉伯雷（约 1493—1553）：法国文艺复兴时代的伟大作家，人文主义的代表。

② 佛伦哥（1491—1544）：意大利诗人。

③ 劳伦斯·斯特恩（1713—1768）：英国感伤主义小说家。

④ 乔纳森·斯威夫特（1667—1745）：英国-爱尔兰作家，讽刺文学大师，代表作《格列佛游记》、《一只桶的故事》等。

⑤ 海因里希·海涅（1797—1856）：十九世纪最重要的德国诗人和新闻工作者之一。

⑥ 缪塞（1810—1857）：法国浪漫主义作家。

⑦ 让·保尔·里克特（1763—1825）：原名佛利德利希·里克特，笔名让·保尔·里克特。以散文见长，代表作《两条路》。

德·安科纳的这个观点大体上是正确的。但是，我们觉得有关“公众的声音”这个部分还有待商榷。我们想告诉德·安科纳：在意大利，（难道只是在意大利这样吗?）除了“浪漫主义”以外，就要数“幽默主义”这个词最容易被滥用和错用了。如果那些所谓的幽默作家，那些所谓的幽默书籍，那些以“幽默”命名的报刊都是幽默的真正楷模的话，那么我们，我们意大利人，丝毫不会去羡慕斯特恩、萨克雷[1]或者海涅这些人的祖国了。我们也不会出门上街遛弯，却根本找不到像塞万提斯或者接近狄更斯水平的作品。我们只想说，从一开始，有关幽默的阐述就存在一个外在壮美实则混淆不清的尴尬。绝大多数所谓的幽默作家都是其作品能让人发笑的作家。他们写一些喜剧、讽刺诗、怪诞剧，或者用其他的通俗幽默形式创作，如漫画、闹剧等等，而似乎这些就能和幽默画上等号。就像有一段时间，人们习惯把那些华而不实、徒有外表、富有田园气息、美丽敏感而空洞的一切称为浪漫主义。人们总是将保罗·德·科克[2]与狄更斯弄混，将阿林子爵[3]和维克多·雨果混为一谈。

---

① 威廉·梅克比斯·萨克雷（1811—1863）：英国小说家。擅长描写英国资产阶级的风俗人情，尤其擅长揭露英国上流社会的黑暗面。

② 保罗·德 ·科克（1794—1871）：法国作家。

③ 阿林子爵（1788—1856）：法国小说家。

以上这是恩里克·内乔尼[①]在 1884 年提出的观点，以一篇名为《幽默主义与幽默家》的文章刊登在《新文选》上，在当时引起了极大的轰动。

我们并不能说“公众的声音”，因为老百姓的意见在这些年间发生了变化。直到今天，很多人还认为能让自己发笑的作家就是幽默作家。但是我还是得重申一下，只有在意大利是这样的吗？不，到处都是这样。普通的百姓是没有想法和意识去深入了解有关真正幽默的内在矛盾和细腻之处的。他们认为那些漫画、闹剧和荒诞就是幽默。他们将内乔尼的卓越构思与主妇们的家长里短混为一谈。在他们那里，马克·吐温不算是什么幽默大师，他只不过总是会讲“一些棒极了的故事，相当精彩有趣，就连最不苟言笑的人也会笑得喷饭”。这就是在他们的定义中的幽默的含义。

在新闻学范畴中，有某种新闻的本质使得新闻学成了一门文字的学科，也就是通过操纵文字，不计任何后果地达到使人发笑的效果。文字的这种为新闻学所用的方式是一种很糟糕的用法。

---

① 内乔尼（1837—1896）：意大利文艺评论家、诗人。

所以，今日背景下的真正的幽默大师都在力图克制自己，规范自己，不要沦落到玩弄文字的田地。是的，真正的幽默大师并不愿意把事情弄得复杂。我觉得非常有必要提一句，真正的幽默大师，必定是有大师风范的那些人。

比如说：

“请注意，我并没有打算通过舌头打结来引你发笑。”

不止一位幽默大师，为了不让自己和小丑同流合污，为了避免自己的作品被和那些粗制滥造的笑话相提并论，他们选择放弃了“幽默”这一个被人们毁掉的词语，将它完全地丢给普罗大众，而重新使用另一个词汇：讽刺主义和讽刺家。

正如幽默与幽默主义相伴而生，我们也有了讽刺和讽刺主义。

但是到底这里的“讽刺”所指何物呢？我们需要仔细区分。因为关于讽刺，我们既有修辞学上的讽刺方式，又有哲学层面的讽刺意图。

讽刺，或者说反语，作为修辞手法的一种，其本身是一种与真实情况或意图相反的表达方式，但是这种讽刺与我们的钝感幽默的本质大相径庭。作为修辞手法的讽刺，虽然说的是矛盾的情况，但是这种情况是虚构的，说话人所说反语与他或她所想真实表达的意图是一致的。但是幽默中的矛盾却不是如此，尽管幽默中的矛盾也是虚构的，但却是真实的，甚至是关键的核心。正如我们所见，这两者中内含的矛盾在性质上是完全不同的。

当但丁大声疾呼谴责那些因贪污而该受到惩罚之人的时候，除了强调其数量之多，针对那些游手好闲的浪荡之徒，他如此惊叹："真的从来都没有吗，先生？您真的如此清新脱俗吗？"

有时候，也会为了激起罪恶之感而故意提及纯洁的一面，正如恶魔对卢卡市那些贪官们①所做的那样：

> "这里可没有圣容：
>
> 在这里人们只能自生自灭。"

或者将一个事物的优点用酸溜溜的口吻说出也是一种反语。正如另一个恶魔将一个犯罪者的灵魂从圣方济各的体内抽出，并且还通过这被抽出的灵魂的一番言说，振振有词地宣称这是对于圣方济各的惩罚：

---

① 出自但丁的《神曲》。

可能

“你不认为我是一个逻辑学家；”

当他高声呼喊：

“佛罗伦萨，好好享受，你是如此地伟大；”

或者：

“我的佛罗伦萨，请一定要幸福
没有人能够将你从这条路上引开”
……
“现在你是多么地高兴，因为你已经应有尽有；
你富有，你平和，你智慧……”

有关讽刺以反语的形式出现，我们有很多修辞上的示例。但是我们必须得说，喜剧上所常用的反语，一点都没有幽默的含义在其中。

关于幽默的另外一层解释，就是我们之前说过的哲学层面的讽刺含义。这层含义最初诞生在德国，是从主观唯心主义中推导而来的。但是究其根源，还是存在于德国后康德时期的唯心主义和浪漫主义运动中。根据黑格尔的解释，自我是唯一的真理。自我能够嘲笑宇宙中一切虚无的外表，而且能够消除这些虚无，能够不严肃地对待它所创生的万物。因此“讽刺”，也就是说讽刺的力量，能够让诗人可以凌驾于他所面对的主题；而诗人所面对的这个主题逐渐地明确、缩小，最终凝练成为一出不朽的滑稽剧，或者一场卓越的笑剧。

从我们的角度看来，这个有关“讽刺”概念的解释是相当有远见的。诚然，我们也必须考虑到这个概念的来源，如果不在这个范围内讨论的话，那么事情可能又大不一样了。无论如何，德国哲学家们给出的这个解释与幽默的真正内涵在某种程度上是有着亲缘关系的。这比修辞上关于“讽刺”的解释进步了不少。从这里，我们慢慢地可以看见一些真正幽默的庐山真面目。在修辞范畴里的“讽刺”，我们不需要把说话者的话语当真；在浪漫主义里，我们也不能把他人的所作所为当真。修辞中的讽刺就是浪漫主义的那些童话里大名鼎鼎的青蛙。这只青蛙能够将德国形而上学的唯心主义带入纷繁的尘世，并且让这里的风声比水声更加清晰，甚至这里的结构比例相比起牛的比例都更加科学。修辞所制造的虚构的矛盾便在这一过程中慢慢变成了宇宙的虚无。现在我们清楚了。如果幽默真的存在于那个虚构出的青蛙，那么讽刺和幽默就没有什么不同。但是我们会发现，幽默的内涵远不止于此。

费希特[1]的主观唯心主义以及席勒[2]在他的二十七封有关主观唯心主义的信件中所提出的关于游戏的著名理论值得我们好好关注。

费希特本来想要进一步完善康德主义中有关义务的内涵。他说：宇宙是由精神组成的，是大我，也是具有神性的。世界灵魂的精华产生了一切，产生了万物，这是无法阻挡的，是不知疲倦的不懈追求。这其中必然包括了理性、自由和道德。费希特还想进一步阐释每一个个体要服从于整体，要竭尽所能地保证精神上的和谐。

现在费希特的“大我”变成了某些只会夸大演绎弗·施莱格

---

① 费希特（1762—1814）：德国哲学家，是自康德之后的德国唯心主义哲学的主要奠基人之一。

② 弗里德里希·席勒（1759—1805）：德国十八世纪著名诗人、哲学家、历史学家和剧作家，德国启蒙文学的代表人物，被公认为德国文学史上地位仅次于歌德的作家。代表作《强盗》、《阴谋与爱情》、《华伦斯坦三部曲》、《玛丽亚·斯图亚特》、《威廉·退尔》等。

尔[1]口中的个体的“小我”。只不过这个“小我”有些古怪，好像是“伪学者”们拿着吸管和一些肥皂水就开始开心地吹起的肥皂泡：宇宙的虚无，虚无的宇宙。然后这些泡泡徐徐上升，这就是所谓的游戏。可怜的席勒，他真是无法找到比这种解释更加拙劣和歪曲的解释了。然而我们的伪学者却在信中写下了这样的话：“人只能和美丽玩耍，而且只能玩赏美丽。这只需要说一遍，因为这是不容置疑的。只有当人是完整的人的时候，才能谈得上玩耍，而只有在玩耍的时候才能被称作人。”我们还注意到，席勒曾说过，对于诗人来说，讽刺存在于诗人自己从不将现实与自己的作品融合，即使在最哀婉动人的时刻也能够保持清醒，明白这都是自己的虚构和创造，不被自己所创作的人物迷了魂，面对上了当，买了账的读者时也能够一笑置之，而诗人自己的一生也都奉献给了这场欺骗的游戏。

若是理解清楚了这个层面的讽刺，那么我们不难发现，有些作家都在不知不觉中被套上了“讽刺”的帽子，例如我们的曼佐尼[2]，他其实是客观现实主义的大家，对于历史的真相几乎是原

---

① 弗·施莱格尔（1772—1829）：德国作家、语言学家、文艺理论家。德国浪漫主义文学奠基人之一。代表作《断片》。

② 曼佐尼（1785—1873）：意大利大文豪。

封不动地进行了重现，甚至将他人对于自己作品的非议都写入其中。就算是另一个层面的讽刺，也就是修辞学上的讽刺，曼佐尼也极少使用，在他的作品中极少出现虚伪的矛盾，他所说的就是他所想要表达的。曼佐尼面对与理想大相径庭的现实极少表现出愤怒，他常常满怀着怜悯处处进行着调停，而且常常保持着放任不管的态度，每一次他都细心地，用生活的形式，去表达他妥协和容忍的理由：这才是我们要说的真正的幽默。

用讽刺和讽刺家来替代幽默和幽默家是完全没有道理的。单单从讽刺的角度出发，即使运用得极其巧妙，却还是无法区分戏弄与刻薄之间的差别。现在，爱嘲讽或者说刻薄话的人也能成为幽默作家，但是他们的幽默却不存在于这份尖酸的嘲笑中。

还有个情况是真实存在的，那就是一个词的含义会在特定的情况下发生变化。我们遇见很多这类型的词，比如我们现在用的一个词在古时候的意思是另外一个。就幽默这个词而言，正如我们之前已经分析过的，词义上已经发生改变了。如果为了弄清它，限定它，摒除歧义，那么或许我们选择其他的词汇来形容它也没有什么不好。

得来全不费工夫

在艺术中，得来全不费工夫才是真谛。

这不是什么定理，只是经过我长时间思考后所得的结论。我常常伏案阅读厚厚的书籍，只不过最近我总是容易出神，容易无意识地自言自语。为了重新定位我对于近期文学作品的客观看法，我总是不断地阅读。

什么叫得来全不费工夫？就是不用找就找得到。不用找就能找到？那肯定是相当幸运了。对的，你看我面前这本书，两千多页的白纸黑字，只有三四个作者有幸署上了自己的名字。我们都清楚他们一定各怀本事，但是我的注意力，或者说绝大部分的注意力，都只会放在那个看起来最幸运的人身上。我说的是艺术家的范畴。做艺术，是需要一些运气的。有些人的作品中，总是充满令人费解或者难以理解的符号，而且这些符号总是持续出现在他或她的作品中。有时候我们读着他们的作品，透过他们幽默的语气、刻薄的攻击、单纯的狡猾甚至是那些明明让人不舒服却不知为何也不知如何竟最终被我们接受了的表述，能够明显地感觉到他们和善变的上帝之间那亲密无间的关系。说白了，他们是最不幸、最可怜的人，但只有这样的人才能称为艺术家，才算是能够向别人展示自己才华的伟大艺术家。

什么？怎么会是这样？是的，各位看官们，艺术家一定得是一个可怜的人，一个需要一些运气的人。正如你们所见，这两者之间的联系的确有些远，但从我的角度来看，这足以促使一些优秀作家的诞生。的确他们优秀、严谨，但是距离伟大还是有些距离。若要成为伟大的作家、命运的宠儿，就需要些运气。我们都承认，现在的意大利文坛正百花齐放，我们有很多作家涌现出来，其中不乏幸运儿的存在，他们所有人在一起，共同提高了我们国家的文学价值和声誉。我几乎是感到使命般的光荣与由衷的欣喜。然而为了他们中的一些人，我又感觉到内心无比悲痛：为了他们的生活和等待着他们的生活。生活尽管拮据，然而他只想用自己的文字告诉别人，相比于生活而言，他们才是幸运儿。其实他们是有大把的时间的，只要他们愿意，他们完全可以换一个行当，而且同样可以做得很好。然而总有些人，就算竭尽全力想要逃离现在的境地却从未如愿。这些都是注定的。

成为一名成功的艺术家很难，而同时又是一个成功的人就更难了。这些你们当然也清楚，可是你们面对这样的表述却感到疑惑甚至矛盾，这是因为你们从未真正思考过。两全其美的状况实在难得，成为这样一个优秀的血肉之躯、尘世俗人，同时又成为一个伟大的艺术家，具有坦荡天然的灵魂。这是财富与想象力之间的博弈。成功的艺术家会毫不犹豫地选择想象力。你们不相信需要在财富和想象力之间做出选择是多么地普遍吗？你们不相信财富和想象力同时出现的几率远比你们想象的大得多吗？但事实上就是如此。而对于一位艺术家而言，面临这样的选择则更是家常便饭，正如只有绅士才会面临责任和乐趣的抉择。同样地，如果财富和想象力只出现了其中一个呢？我们还是做一个比较实际的假设吧，当只有财富出现的情况下，艺术家，几乎不会抓耳挠腮地去考虑，他会完全自动地退后一步去审视，去掂量自己的艺术是否会因此而受损，是否会因为金钱而转变了方向。可是思考着，思考着，问题逐渐变成了这样的认识：财富是必要的，金钱是谋生的必备，是手艺精纯的衡量器。从定义上来说，金钱确实必不可少，自古以来都是如此，可是我们也轻而易举地发现追逐金钱会让一切变得索然无味。你们好好想想，那些真正有钱的大人物最后的结局是什么样的，他们最终不还是和那些平凡出生，从未大富大贵的普通人一样终了一身，并未为艺术做出过一分半点的贡献，虽然他们有能力做出更多？财富是好，但是在我们获得多余的财富的时候，是作为我们生活的一笔额外收获的时候。美德在无需通过命运继承的时候才是最美的。总之就如我所说：没有财富，我们也并不会完全止步不前。但是如果我们往前进的动力完全取决于是否拥有财富，或者绝大程度上是否拥有财富，也就是说金钱变成了我们的面包和水，成为了我们日常生活的基础，是我们活命的根本，就完全不对了。财富的作用也只是基础罢了，因为除了基础，那些真正重要的是我们的努力，是奋斗。没有努力和奋斗，我们所谓的基础，将之视为如此重要的基础，将完全没有用武之地，好像我们从未拥有过那样。好吧，就这样吧，关于财富，我不否认，的确非常有用，但是你们看看自己手中还剩下些什么，恐怕只有无尽的悔恨了吧。最后的最后，你们和那些手上拿着百元大钞的收银员又有什么分别呢？（我说的是艺术家和那些诚实的收银员。）

任何一个正经人都会由此知道，真正艺术家的生活，事实上是非常悲惨的。艺术家的人生充满了风险，只有很少的人能够为艺术坚持一生。由此也有人认为艺术家都是可怜虫，都是些脑筋不正常的人。

对他们而言，也许那些英雄般的品质才是最重要的。也许在艺术家们为人诟病的众多奇怪想法中，这是唯一能够给他的生活带来点正面影响的品质。

那么为何得来全不费工夫是艺术的真谛?

举个例子。几年前有个小伙子来找我，他写了几篇小说，然后一篇篇地读给我听，读完后还和我一部分一部分地讨论。我花了很大的力气才勉强弄清故事结果的真实性和他所采取的写作方式。尽管在他看来，至少我是这么觉得的，他整个人都呈现出一种清心寡欲的修行感，以至于他的小说显得就更加……怎么说呢，显得比小说更加小说。我告诉他应该如何对待运气这看似飘渺的东西。一件小事，一个小小的情感冲突或者精神上的些许触动都是不经意间得到的，是踏破铁鞋无觅处，得来全不费工夫的运气。接下来我们要做的，就是要用难以想象的耐心，在沉默、凝视中细细揣摩。不能动，不能环顾四周，尽管整颗心都已经提到了嗓子眼，也不能有丝毫的放肆，只能这样忍着，用大脑去感受，去记忆，去书写，去等待，等到这些小小的感触完全变成我们自己的东西。接下来，我们要忍住使用它的冲动，不能将这份收获随意浪费。相反，我们应该如绅士般地以礼待之，让它渐渐与我们的想象结合。这一过程需要耐心，要像隐士们那样随缘才行，不能揠苗助长，不能操之过急，要全心全意地等待着那颗不起眼的幸运种子破土而出。面对想象表现出谦卑是我们的主、我们的国王应该做的，而不是我们。我们作为有血有肉的人，活生生的人，是可以被允许有自己的乐趣和兴趣的，没有人能够阻碍我们，没有人可以把我们关在枯燥的牢笼里。总而言之，我们需要正确地认识到，有兴趣的人将会遇到千奇百怪的遭遇。艺术家其实是一位迷了路的骑士。

而且，顺从是避免犯错误的不二之法。

我们常常会有这样的境遇，感觉有好几个绝妙的开头在脑海中浮现，于是冒着牺牲健康的代价都想要赶紧把他们记录下来，但是最终的结果却是我们一个故事都没有写出来。（或者是我们没有意识到我们在做无用功，而我们周围的人却看得一清二楚。）有些人却完全不是这样，他们有着征服者的野心，对于生活中那些细小的诗意和感动完全视而不见，他们统治着萤火虫的坟墓，与曾几何时的那些“同行们”一样用一些幼稚的观点炫耀自己的学识，甚至还会把这些观点付诸笔端，白纸黑字，刊登出来。(感谢上帝将我们从这可怕的念想中拯救出来。）我所指的他们，某些所谓的文人，是不会犯错的，因为他们从不冒险，他们总能得出些结论。他们也像真正的艺术家那样写些文字出些书，他们挥洒了真实的汗水，收获的除了混乱，别无其他。但是，是的，他们会认为自己写得是真的不错，或许也有别人认为他们写得很好，就像警察的八字胡一定会比虾子的尾巴好一样。

我也用这样的眼光去看待我在上文提到的那个年轻人。众所周知，我对于那些所谓文人向来是口无遮拦、毒舌相向的。

但是我也害怕，害怕自己会是个令人厌烦的角色，因为好话已经说尽，但我从不怀疑自己的所作所为是为了这个年轻人好。我想，他一定感觉到受伤了，他一定失去了勇气。

几个月后，当他重新回来找我，却充满了勇气，犹如一头雄狮。他又写了些东西，是同样的故事，只不过从头到尾重新写了一遍。

“您是怎么了？这些都是您写的吗？您写了这样的故事？”我当着他的面问。可是，我的上帝呀，他的那些故事完全不是我所期待的那样，反而矫揉造作、浮夸浅显、由里到外透着土气，几乎拙劣得让人吃惊。他眨巴眨巴眼睛，对我说：

“我终于搞清楚您想要什么样的文章了。可是今天的文章都应该这么写，您不能指导我应该怎么写，您是上一代的人了。”

“谁这么写？”我问。“所有人。”他答道。他那一辈的人现在都这么写。他还说：“现在人们都觉得应该这么写。”其实是他这么觉得。那么就很清楚了。我认为，他们很多人都选择用一种不讲究的方式写作，并非他们真的感受到这样写的冲动。他们人数众多，却没有一个人有胆量站出来承认他们没有勇气承担追求艺术所必须承受的风险。他们缺少勇气，缺少独立自由、不受金钱摆布的勇气。相反，他们不约而同地选择用另外的方式来追求财富。如果他能坦白承认这一点，那么他的天赋也不至于会被埋没。我本可以告诉他，他其实是很有天赋的。但是这对于我有什么好处呢？他自己对这一点再清楚不过了。

我祝贺了他。

后来的事情是这样的。最终他还是得到了他所想要的东西，尽管是他刻意寻找而得来的，正如我们常说的那样。虽然这其中有一点投机取巧的成分，但我还是要对这位小伙子没有厚颜无耻地坚持自己原先的错误而鼓掌。（否则此时此刻，他会取得一个极好的名声，而我也不能在这里用他的故事进行剖析了。）他还是得到了一些东西的，一些常人眼中值得拥有和追求的东西，他就是常人。然而有关艺术、有关年轻的奇想或是遗憾，则是要看当时的心情才能说清楚是得还是失了。

这个年轻人需要被祝福。当然我的努力也没有白费，至少我保护了我的祖国依旧是一个文人当道的国家。

我在字里行间已经多次强调，做艺术不能刻意为之，而要等待不经意间的灵感，这就是所谓的得来全不费工夫，因为这是保证艺术作品自然性的唯一保障。我这里说的自然并非是修辞上的自然，不是指对于言语或者情节设置上的完全粗放。（逻辑，逼真，比例：这些都是艺术家在创作过程中所需要遵守的外部规则，那些看似无心实则有意的处理与安排。）我所想说的，我们不必刻意追求的是内心的那种自然，是艺术家在其创作体系中从头到尾所充盈着的精神行为。我并非否定寻找一个主题的重要性，也不是说大家都不需要去确定一个主题，毕竟一个吸引人的主题对于报纸上的报道罪案的版面是必不可少的。（莎士比亚也曾试图在意大利的小说和历史中选取题材。）但是促使我们不断寻找主题的并不是我们富有创造性的想象力，而是我们的好奇心。我们需要找到的是一个确切的理由，这种寻找不会造成伤害。相反，一旦我们的想象力先接受了这个所谓的缘由，那么我们的思维就会停止继续去寻找其他的外部因素。承担着繁衍后代神圣任务的子宫并没有动人的乳头，也没有去主动寻找需要孕育的胚胎。子宫，如果我们可以说它的产出相当高效的话，倒是因为它过于专注，甚至有些蠢笨。子宫中的胚胎只选取自己需要的养料，而我们的想象力也正是如此。我们的想象一直在独自寻找，不依靠已有的念头。不管这想法是偶然冒出的火花，还是靠其他外在刺激所得来的，这都不重要。重要的是在精卵相遇的那个幸福瞬间，艺术家自己能够清楚地感受到：找到了！人们可以用胚胎的质量以及继续发展的可能性来衡量尔后的结果，就像可以用奇特的程度来衡量创造力是否惊人一样。由此，艺术家就可以避免在一个并非由内而外自发而生的念头上浪费精力甚至歪曲事实，这才是最重要的。这拯救了艺术的自然性，这让艺术作品接近完美。但这需要点运气，需要点巧遇，至少在构思阶段是这样的。在接下来创作的每一步中，作品的自然性仍要被小心呵护，然而创作中的运气与灵感仍然必不可少。因为作品的诞生并不受任何一部法律的强制，更没有生命所拥有的那种强有力的机能保障，使她能够高枕无忧地呱呱坠地。每一部作品在诞生之前都面对着千奇百怪的念头的影响。精神世界的变化，一石激起千层浪，每一部艺术作品相较于胎儿的自发生长来说，则更加依赖于它的创造者；相较于由种子决定形状的树木，艺术作品最后的呈现更取决于创作者的意图。

我还可以用自然界的野兽来举个例子，来梳理清楚这看似神秘的本能。起先，这些野兽们对于自己的本能并不十分了解，在对于自身极限的多次挑战以及心惊肉跳的遭遇后，它们逐渐摸索出了一些规律。后来这些规律得以强化、教训，当然在此过程中野兽们也付出了极大的代价，终于这些猛兽无条件地服从于清晰可见的本能了。在这样的奴性之下，他们才能在自然界中自由地生存。只有这样它们才能获得生活的必需品以及偶尔得到命运女神的垂青。这是有风险的生活，是不受命运摆布的生活，是纯粹的生活，是看起来自由的但却是每一分每一秒都相互关联着的生活。这雄伟有力的生活才是真正的自由。你们认为狮子、老虎它们会自己去寻找猎物吗？不，它们从不寻找。从一定程度上我们可以认为猎物就在那里，在这些猛兽的本能中清晰地存在着，在我们上面所说的养成的天性中存在着，在生命不变的定理中存在着。这些猛兽径直走向它们的猎物，用一切手段将它们占为己有。它们懂得等待机遇，但是它们确实值得拥有机遇，它们并不靠机遇而活。

而我们人类驯养野兽。一些糟糕的艺术家将它们的天性破坏殆尽，狮子、黑熊在日复一日的训练中早已将原本的自然本能磨光。我们可以说说猴子，可是被训练的不仅仅有猴子，还有狮子。这真是令人伤感。比如詹巴蒂斯塔·维柯[1]，在《新科学》里他是自由壮美的雄狮，可在其他的宫廷作品中却是一头被驯化

[1] 詹巴蒂斯塔·维柯（1668—1744）：意大利政治哲学家、修辞学家、历史学家和法理学家，代表作《新科学》。

的病狮；还有写《被解放的耶路撒冷》的托尔夸托·塔索[1]。他们也都为了写作而努力寻找，他们找到了一些东西，因为他们都是天才。

拾人牙慧总是会让人心里不舒服，可这还不是最糟糕的情况，这总比在别人的口袋里找到自己想要的东西要好。

---

① 托尔夸托·塔索（1544—1595）：意大利十六世纪诗人。代表作有《里纳尔多》（1563）、《阿敏塔》（1573）、《被解放的耶路撒冷》（1581）等。他的作品对欧洲文学产生了重要的影响。

但丁的诗

克罗齐[①]近期也以同样的名字发表了一篇文章。为了铸起一根牵强附会的逻辑链条，他再一次尝试将德国人卡尔·浮士勒[②]所写的四辑有关但丁《神曲》的专著定义为最伟大的理论基础。而我们都知道，卡尔·浮士勒是典型的克罗齐派。浮士勒多次在他的文章中声称，但丁《神曲》中的双重性，就算不是研究但丁所必须研究的核心问题，那也一定是最先需要明确的问题。伯特维克[③]也赞同这个双重性，只不过他提出，《神曲》的双重性主要在于结构的系统性和诗作的诗意性；而德·桑提斯则认为，但丁《神曲》的双重性在于寓言和诗歌之间的反差，是天与地的对比，至于克罗齐所说的，应该属于神学家但丁与诗人但丁之间的双重对比。

德·桑提斯其实也并不完全赞同克罗齐的观点，但说到底，

---

① 克罗齐（1866—1952）：意大利著名文艺批评家、历史学家、哲学家，有时也被认为是政治家。

② 浮士勒（1872—1949）：德国罗曼语文研究者和语言学家。

③ 伯特维克（1917—1981）：德国神学家。

德·桑提斯对于浮士勒的观点是十分推崇且深以为然的，尽管浮士勒拒绝将《神曲》看作是一部科学与诗歌相融合的作品。德·桑提斯的理由是：“最能够彰显人类强大精神力量的作品一定是纯粹的，而不可能是交杂的。”与此同时，他也很清楚《神曲》的总基调是抒情的，他也考虑到这给予《神曲》顽强生命力的抒情特点，在《神曲》里所描绘的英雄人物的面前，在以诗歌承载剧情的面前，在这样的剧烈对比间，已变成一种私密的方式，一种贯穿在《神曲》的每一章节的一种饱含诗意的美学思想。《神曲》中的关系需要我们好好理清，这一点大家都很明确。但是在理清这里面存在着矛盾关系的时候，克罗齐认为浮士勒倒是把自己引入无法说清的困惑里，从而一步步地走向了错误的道路。

因为对于克罗齐来说没有所谓中庸的选择：“如果没有将结构和诗歌完全分开，并将哲学和伦理紧密结合在一起考虑的话，我们不可能找到真正的答案并纠正错误。哲学与伦理是但丁写作《神曲》的核心，但是一定要当心留神避开这两者之间所存在的以诗歌为媒介的现实。只有这样我们才能真正地欣赏《神曲》里面所有的诗歌，接受但丁对于《神曲》的结构安排。我想对于用诗歌这样的形式，我们可能会表现出无所谓的态度或者漠不关心，但至少不会去蔑视或者讥笑但丁的选择。”

这之中的缘由值得我们好好推敲。对于克罗齐而言，《神曲》不是一部诗歌作品，而是一部“其中有几首诗能够让我们好好享受玩味一下”的作品，仅此而已。总之我们又回到了伯特维克的“碎片理论”，还有十七世纪其他作家所谓的“自由诠释和品味诗歌的新方式”。唯一让我们感到新鲜的是，鉴于哲学和道德是如此重要，就算采用了诗歌的形式和结构，那么我们似乎也可以勉强接受这看起来极其琐碎，没有丝毫完整性的作品，并做到至少不讥笑它。

你看，由此，这链条算是连起来了。

对于我们这个新发现（这其实是其他人编造的，我们很快就会知道事实并不如此），我们很快就会发现它的逻辑上存在的巨大漏洞和无可救药的矛盾。首先要有一个清晰的差别将各部分分开，这就是不可能的。然后又想要用一个紧密且必需的绳索将各部分联系在一起，就更是不可能的了。这个理论的拥护者们声称这能够说得通，但却没有一个人的理论真正站得住脚。

如果结构和诗歌真的被认为是但丁精神中两根不可或缺的支柱，如果这种支撑作用真的如此真实存在的话，那么是不可能把克罗齐自己都绕进一个无解的怪圈里的。克罗齐和浮士勒一样，都忙着定义这两者之间的联系而不是寻找其中的矛盾或是区别。他更无法料想到他自己的观点最后被证明是前后矛盾的，他先是强调联系的必要性，后面又说区别的重要性。克罗齐所强调的是，结构和诗作之间存在的是哲学与道德的关系，而不是诗歌的联系，这意味着什么呢？既然在说两者之间的关系，那么就一定涉及两个主体，那么就必定有一方是诗歌。怎么可能只有关于结构的联系而完全忽视诗歌的存在呢？真是荒唐至极。我们所讨论的两者之间的联系，要么有一方是诗歌，要么就没有联系可以讨论。我们只看到了些区别和零星的差异罢了，那么那所谓的但丁精神的双重结合和那声称是必不可少的关系就不复存在了。

事实是这样的。在众多令人头晕的前后矛盾中，克罗齐又明确表示："诗歌的连贯性是但丁诗作的真正本质，是《神曲》中但丁精神的本质"，然而他自己却没有前后连贯。克罗齐继而补充道："但这不是整部《神曲》的总特点"，全书三部分的总特点只能通过"对于每一部分的某些诗歌的深入挖掘才能发现原来这三个部分都有属于自己的特点，从而每一部分都不尽相同，但是这小小的不同又不能够掩盖掉三部分之间共有的相似的抒情特质。"因为总有人说，抒情就是自言自语，和结构没有丝毫的关系。然而克罗齐又补充道："对于这种结构而言，但丁采取诗歌的形式是完全必要的，是一种冲破形式禁锢的迸发。"由此，"对于那些不相信诗歌的现实存在与主动性意义，且认为诗歌是矫揉造作之物的人来说，是一个很好的反击。”作为神学家和政治家的但丁所提供的这种诗意的创作灵感发人深省，他的力量，他的智慧在乱石之间开辟出一条新的充满生机的河道。但丁诗歌的光辉如湍流，拍打着河岸激起层层水花。但丁的诗作无人能及，他让陈旧的研究、信息和叙述方式变得生动活泼起来，而且这其中不乏作为一位博学家的精辟与对于历史、神话和天文的精深了解。这一切的一切都包裹在他庄严而又有感染力的诗歌语调中。

然后呢，你们可能会问。但是克罗齐，无法否认，因为“在但丁的诗歌里，形式与诗歌是无法分开的，正如他灵魂的各部分相互不可割裂一般，他们相互影响相互交汇”。然后接着克罗齐想要给出清晰的区分，他说哲学与伦理自发地进入到但丁的诗歌中，以一种消极、负面的形式，“好像在说着一段无法言说的经历的故事。”可是说故事，是谁规定的，就不能是一个诗意的事情呢？克罗齐声称自己接受但丁的安排与选择，虽然有些不同意见，但丝毫没有蔑视或讥笑的意思。他说得如此不得体，以至于他最忠诚的追随者德国人浮士勒都认为克罗齐这回有失严谨。为了不显示出蔑视并忍住讥笑，克罗齐丝毫没有考虑到他之前说的话，他甚至说《神曲》的结构或者框架连一幅画的画框都不能算是，因为如果把《神曲》的结构或者框架比作是画框，那么可能给这种结构以一种“美学上的赞扬”，因为通常意义上，画作决定画框，画框能够赋予画作一个整体的艺术和谐感，是完成一幅作品的最后一步，而《神曲》明显没有做到这一点。哎呀，《神曲》的结构居然连画框都不如了，是一个与所有内容都毫无关系的一个东西。那么之前所说的紧密联系呢？之前所说的“但丁采取诗歌的形式是完全必要的，是一种冲破形式禁锢的迸发”呢？都是空谈了。总之，但丁的诗在《神曲》里面是跟画作完全不协调的画框。我觉得克罗齐表示自己丝毫没有蔑视或讥笑的意思不算坏事，但他的所做所言还远远不能让人信服。

大家都知道但丁在阴间三个世界里向我们展现了多么壮观盛大的景象，对此克罗齐他并不否认（我们可得非常小心谨慎点儿说），尽管他几乎是咬着牙说的，“是的，他（但丁）提供了对于三个王国的描绘”，这种展示，总而言之，“是能在《神曲》中找到的，几乎全篇都是”。（我感觉克罗齐在做梦。）也罢，但你们知道但丁到底在这样的描述中下了什么样的功夫吗？

你们所有人，都看到了一个由强大想象力所创造的另一个世界。在这个世界里面，我们的作家在各位读者的眼中因为艺术的全新尝试似乎又有了新的身份——演员和旅行者。他自己在自己创造出来的世界中探索，怀着恐惧和怀疑，好像那些惊喜、奇迹都不是由他安排的。而各位看官，跟随着作者的脚步通过他的双眼在这永恒的国度间穿梭，渐渐地惊觉自己身处在一个短暂的生命里。在这生命里，艺术的力量是永恒的，完全不会想到这永恒中的短暂时刻能够将艺术定格为永恒。作者的所见所闻虽然都新鲜生动地展示在读者的面前，但是诗人自身的感受却独立于诗人自身而存在着，而这感受也包含在诗人的描绘中，成为其中的一部分。而各位更加不会去思考诗人的情感作为带有永恒的特质的组分成分，是和他的所见所闻分开的。各位最终将随着阅读的深入而发现诗人所具有的深厚艺术功底和强大的想象力。

我亲爱的朋友们，你们是多么有天才，可是你们并没有“欣赏诗歌的眼睛和耳朵”。在《神曲》中有一种描述，这个不能否认，而且这是某一种特定的描述，是“能在《神曲》中找到的，几乎全篇都是”的描述。克罗齐在承认或者更准确地说是定义这是一种表现形式的时候，可能会感到有些局促不安，因为他在谈论他的美学、他的艺术。他真实的想法到底是什么呢？到底是什么呢？啊，这不能算是艺术，不，完全不可以。那能是什么呢？啊，“这是想象力的构筑，就只是想象力而已。看吧，这不能是诗，更不是什么科学，只是像造物主一样介入，然后完成了一部一点儿都不现实的作品，用一些隐射来描绘一个大家心知肚明的、假定的、另一个的永恒世界。”我必须重申一遍，这真是梦话。“描绘一个大家心知肚明的、假定的、另一个的永恒世界”，另一个世界，这是很明显的，因为人们可以在这里看见很多奇事。而这部作品连真正的作品都不能算是，因为不是诗歌，所以连写错的诗歌也不是。在克罗齐看来《神曲》就是完全建构在想象上的，但丁把自己当作是造物者的这样一部完全不现实的作品。但严格说来，这连一部完全不现实的作品都不能算是，因为它除了想象别无其他，完全是一部虚无缥缈的作品。

以上所有，想要表达清楚已经很难（因为有前后矛盾），克罗齐还得绞尽脑汁去证明自己观点的正确性。还是得了吧。可是克罗齐还是想要找到这样一个方式，很显然，如果不战而败，这完全不符合他的身份。在前面的介绍中，他写道：“真实是有价值的，学识不在于你们思考了多少，而在于你们想象了多少，重要的是能够认识它们，了解它们，同时也就认清了一个神话、一个童话，或者任何一个事实。也就是说，这些是诗歌的元素或者一部分，是诗歌的而非逻辑上的，它们必将带有符号和意义。”非常好，我要看到的就是这个“那些思绪的图像”。但丁诗歌中的诗歌元素的符号和意义，不是诗歌那又是什么呢？可是克罗齐不同意啊，各位看官，克罗齐说但丁的诗不能称之为诗歌，因为在他说了上述的一段话后，他又说但丁的诗缺少必要的诗歌生产动力。为什么会缺少呢？请听好：“在但丁的灵魂中，存在着认为往生世界是真实永恒的坚定信念，这其中还杂糅着对于尘世的强烈情感。如果但丁的诗歌真在天地间徜徉，那么最直接的后果就是，但丁对于另一世界的展现，对于地狱、炼狱和天堂的描绘，就不可能是他诗歌的本质主题和创造的源泉与动力。”这难道能算是一种证据吗？这恰好是反驳否认他论点的最好力证啊。如果但丁在他的诗歌中只描绘了天上的事物，如果但丁只表达出对于往生世界是真实存在且永恒不变的坚定信仰，而没有将他对于尘世的浓浓情感结合在一起，但丁可能就是个苦行者、一个神学家或四月斋期间的讲道者，除此之外别无其他。然而但丁却是一个真正的诗人，他所做的诗歌将天地合二为一，而且在天外，在人间，有但丁将自己对于上天的虔诚信仰与对于尘世的深厚情感融合在一起。

有人说对于另一个世界的描述需要对于内在的绝对超越，需要对于当下世界生活的厌恶与残暴，必须富有神秘感和禁欲主义的气息，又或是完全的痴迷与狂喜。例如人们在基督教赞美诗中所体会到的些许诗意，或者雅各布[①]所作的圣母赞歌，节奏总是

① 雅各布·达·蓬托尔莫（1494—1557）：意大利画家。

欢快愉悦，画面总是灿烂光辉，在一些表达上生动活力，但是其余的部分却是模糊黯淡。对于渴望以及恐惧着重笔墨，上帝的身影无处不在，地狱是这样或者那样，炼狱是这样和这样，天堂是那样和那样。我们的克罗齐，说的和做的一样，要么他自己就是赞美诗的作者，要么他继承了雅各布的衣钵。在《神曲》中，但丁显示出了描绘另一世界的才能与可能性，也就是对于克罗齐来说，但丁所描绘的另一世界没有神秘感，没有禁欲的气息，没有克罗齐想要的节奏和画面，不是克罗齐想要的地狱、炼狱和天堂。在我看来，但丁只是没有克罗齐对于诗歌的“眼睛和耳朵”，我们应该为此感到高兴。

可以说现在已经没有什么反对意见了。然而对于这丝毫没有蔑视或讥笑的意思而接受但丁的想象力的建构，克罗齐说：“我们可能将《神曲》定位为一部神学小说或者伦理—政治—神学小说或许更合适（这个‘可能’可真是意义非凡），就像近些年人们热衷的那些科学小说、社会小说那样。”总之，好比儒勒·凡尔纳[①]的《地心游记》、《绕月旅行》或者《太阳之旅》，或者贝

① 儒勒·凡尔纳（1828—1905）：十九世纪法国著名的科幻小说和探险小说作家，被誉为“现代科学幻想小说之父”，代表作《海底两万里》、《格兰特船长的儿女》、《地心游记》、《八十天环游地球》、《神秘岛》等。

拉米[1]的《公元两千年》一样；但是是神学界的，也就是说，但丁多少还带着一点严肃性，他的头上戴着一顶牧师帽。

关于尘世之外的三个世界的描绘是如此显而易见，让人几乎能看见并触摸到，这不是因为但丁用他的艺术力量创造了充满永恒人物形象的三个喧嚣的世界。不是这样的，真正的原因是因为这是冷静的虚构，也不是"在但丁过人的天赋中出现的特别巨大的失误，他看见的比他本应看见的少太多"，不，对于克罗齐来说，但丁一点儿也不白痴，他这么做是故意的，"但丁和其他神学小说家、科学小说家或者社会小说家一样耍了同一套"，他们都是那么准确，小心翼翼，根据他们的故事随时调整他们的想象。你们明白了吗？克罗齐好像在说："我的读者朋友们，但丁请你们喝点酒。"克罗齐并不是对但丁不敬，但他的确认为这种想象的构建实在没有什么重要性可言。你们知道这是为什么吗？因为我们的想象力和克罗齐的完全不一样。

我觉得很有必要在此重申一遍：克罗齐所说的是梦话！但是，喃，也就是在这里，克罗齐想要讽刺讽刺那些描述中所存在的逻辑矛盾。但是他并不是以所有想象的作品都具有的非理性的

① 爱德华·贝拉米（1850—1898）：美国小说家和记者，代表作《回顾》。

名义而进行讽刺，而是在他看来这些作品因为过于严肃正经反而很搞笑，正如那些可怜人努力尝试的那些事情，在克罗齐看来却没有一件是重要的。构筑在想象基础上的结构，对克罗齐来说，不可能成为诗歌写作的动力，更“不值得被标榜成为但丁《神曲》三部中任意一部所特有的诗歌特质”，因为对他而言“这三部中的诗歌都没有逃脱对于这三个国度的描述这一主题”。没有人能够说他说错了，因为《神曲》的确是关于这三个国度的旅行见闻。但是克罗齐错就错在，这不是一个概念，而是一种表演。这种表演是但丁展现在人们面前的，而非一个神学家的某一个思想。但丁，能够将他自己与他所见有机地融合到一起，而不是像克罗齐那样生硬地把它们分开。

对此但丁估计是有苦难言，尽管他努力将自己与自己之所见有机融合，但却始终无法进入美学理论大师克罗齐的法眼。大家都知道克罗齐在美学方面有过众多成就。诗人但丁，如克罗齐所愿，和评论家但丁并不一样，“诗意创造的场景和哲学思虑所创造的景象对但丁而言是两个差别巨大的东西，你们明白吗？尽管是诗意创造出来的哲学思想，他们之间的差别还是显而易见的，而且它们之间不再相互影响也不再相互决定。根据这个逻辑，我们在看但丁的诗作的时候，就不能按照但丁的想法来看，而是应从事实的角度来看。说白了，就是要从美学理论的角度来看。”

但丁对此可能回应说，如果是想做一个有现实教育意义的作品，那么他可能会像写《俗语论》和《帝制论》一样写《神曲》；而如果要做一个具有相同的现实教育意义，而同时又通俗易懂而且有政治抱负，以及还要具有伦理探讨的作品，他就会选择《神曲》的写作方式。而如果想要很多的抒情成分，充满激情的片段，而没有诗歌的结构，他可能会选择《新生》或者《飨宴》的写作手法。但是他写了《神曲》，这意味着他不想要写一个专著，或者写一个带有所谓诗意的作品，他想做的就是写一首长诗、叙事诗。因此从但丁在《神曲》中所表达的意图中看出两种特性、区别两个但丁，是非常专横武断的做法。因为，但丁就是但丁，只有一个但丁，他感到他能够将令他抑制不住歌唱的材料转化为诗歌的形式，或者更准确地说，那些令他抑制不住歌唱的材料就是他的诗意所在。若非如此，他就会写一本专著论文而不是一首诗歌了。

但丁的想象中充满的是人物形象，而非枯燥空洞的理论概念。但是克罗齐，总是试图否定他一开始就承认的东西，说“但丁灵魂中的那个素材最终以诗歌的形式体现出来”，而这个素材被处理成为了道德讽喻。

接着人们就开始抽象地讨论起讽喻。普遍的观点是，在诗歌中永远不可能有讽喻的一席之地。人们嘴上这么说，但是当人们真的试图寻找甚至想要找到一点儿踪影的时候，却从来没有找到过。这分三种情况：第一种情况，讽喻是诗歌的附加含义，诗歌中的某一个场景或者某一个人物、某一句话是具有特定含义的，讽喻的作用就在这里产生，通常讽喻的对象是已经发生或者即将发生，或者是宗教场景或是道德审判；第二章情形，更加清楚，诗歌是完美无缺的，是严格按照格律而作的，在这样的情况下，讽喻和诗歌水火不容，如果有了讽喻，那么诗歌便不能称之为诗歌；第三种情况，诗歌里面有讽喻，但是是以图像的形式呈现出来，第三种情况下的讽喻，既不像第一种情况下游离于诗歌之外而生，又不会像第二种情况将诗歌破坏殆尽，而是相互合作，相辅相成。好吧，第三种情况，克罗齐说，是完完全全的自相矛盾，因为如果讽喻确实存在，那就一直存在，从讽喻的定义上来说，一定是和诗歌不可兼容的，如果诗歌里真的有了讽喻的成分，那么就意味着讽喻将不复存在，而成为了诗歌里的一个意象，不再具有物质的表现，而只是一种精神的价值。在这些情况中，带着诗意去阅读的人，不会感到也不应该且不能够感到讽喻的存在，因为他们徜徉在另一片更加甜蜜的海洋中。无论如何，不论付出多大努力也不可能看见这两个事物齐头并进，因为这两个之间注定是此消彼长、你死我活的关系。

有人会对此表示异议：那么童话呢？它是讽喻。但它就不能是诗歌吗？当然这取决于它的表现形式。但是一些事物的表现形式自身就有一定的含义：一种道德的含义。不仅仅是要说一则故事，更是要表达一种道德告诫，也就是说，这里面有讽喻，但是变成了形象，以诗歌的形式表现出来。这是克罗齐所列出的三种情形之外的，既不游离、也不对抗、也不内含在诗歌里，而是在道德意义上不讲自明的，表达能力持续不断的，表现形式同时在场的。这是克罗齐所不愿意见到，也不会觉得满足的一种定义。

于是剩下来的事情，就是证明但丁笔下的讽喻是在克罗齐的三种情形中的一种。

通常来说，使用讽喻的人自身对于自己笔下的描述都是清楚知道这是虚构的，不是真的。而讽喻只是他用来表达思想的一种形式。但是对于但丁，恰恰相反，讽喻是必要的而且必不可少，极为重要的，另外一个世界是真实的世界，而不是一个简单的构想，而是诗意创造的现实。但丁对于他自己感觉的讽喻式表达深信不疑，也就是对他所展现的事实深信不疑，他在这个世界中看见自己，通过自己的双眼看见全世界，并且用这奇迹般的存在去描绘自己的所见所闻：说这是一部构思精巧的讽喻小说都是对但丁天才的亵渎。

将但丁的讽喻和其他的讽喻混为一谈是最大的错误。也就是说，与一种披在外面的概念，一种形象化的概念完全不同，但丁的讽喻恰恰相反。但丁从地面游走到天庭，从凡人变成圣人。对他而言，感受最敏感的快乐是本性的基础。他无意成为一种概念的象征符号，不愿成为没有独立事实的存在。对他来说，他所代表的事实有很多象征含义，他本身就代表着这些和那些，而艺术是这些东西的表现形式。每一件事物都有自己的讽喻本质，而不仅仅是一件外衣，而是他存在的目的。不是爱造就了贝阿特丽切①，而是贝阿特丽切的本质里就是神圣的爱。正如你们所见，我们正在讨论的但丁的《神曲》就是这样一部有关讽喻的杰作，不能理解这一点的人就无法真正理解但丁。

那么但丁的诗意是虚假的了？但这些对但丁来说，都不是思考的结果，而是由内而外的感受，这些都不是用诗歌来表达的抽象想法，而是想要表现的感情。

我们没有必要像研究人体构造一样研究讽喻。人体构造本身

---

① 贝阿特丽切：《神曲》中的人物，也是但丁现实中暗恋的情人贝阿特丽切的灵魂。

就是一首有血有肉的叙事诗，肌肉和神经分布全身，有些地方多，有些地方少：这里是松软的脂肪，那里是柔韧的肌肉，这里神经密布，那里只有一块坚硬的骨骼。但整个机体是鲜活的，整首诗歌是不朽的。

会说话的动作

这里我想讨论的是戏剧表演中的对白。鉴于目前几乎所有的当代戏剧使用的都是叙述语言，但所实际涉及的题材却又是戏剧范畴的，而非仅仅是小说或故事，我请我的读者们和我一起思考一下这个并非由我首创的美丽的表述。这样并不合适。因为一部充满叙述的美丽的神话故事在经过删减或者为了搬上舞台而削足适履后，必定会使得原文中令人回味或印象深刻的风味荡然无存；其次，为了表现更加强烈的戏剧冲突效果，依我之见，现代技巧中那些被曲解的条条框框，是真正的普洛居斯特之床①，现代技巧整个精妙的构思整体也因为这些条条框框被无情地压缩、削砍，每一部现代技巧指导下的作品似乎都是流水线上的同一产品。虽然莎士比亚也曾选取一些意大利小故事作戏剧的情节主线，并做了一些删改，但是我上文里所说的剧作家们可比莎士比

---

① 普洛居斯特：希腊神话中的拦路强盗。他有两张一长一短的床。他把行人抓来后，把高个儿放在短床上，依床的长度砍腿；矮个儿则放在长床上，拉长。

亚“勤劳朴实”得多。因为莎士比亚可从来没有为了一个只是看起来很严谨的技巧傻傻地“牺牲”掉原文的韵味，从来都没有。

我认为当把文学作品搬上戏剧舞台的时候，任何描述性的或者叙述性的成分都不能被保留。你们还记得有关诺弗雷·鲁德尔与梅丽森达之间故事令人辗转反侧的浪漫吗？“在布莱[①]的城堡里，每天晚上都能听见轻轻的颤抖声，吱吱嘎嘎，或是低声的耳语。挂毯上的人物突然间都活动了起来，吟游诗人和那贵妇人将沉睡的记忆唤醒，他们从墙上走下，在大厅里来来回回。”好吧，其实这样的奇事也发生在月夜里无人居住的古堡中。我们可以说，悲剧诗人是第一创作者。但是以埃斯库罗斯[②]为首的杰出的希腊悲剧诗人不是已经从巨幅的荷马史诗挂毯上的伟大人物形象中凝练出了强大的抒情灵魂了吗？这些人物真正地开口说话了。在话剧剧本中，这些人物，这些主角儿，作为艺术的奇迹，应该从白纸黑字里走出来，活生生地在人们面前行走、生活，正如那从古代挂毯上走下的布莱耶王子和黎波里伯爵夫人。

如今，在剧本的创作中，只有切实地实践这样的一条法则才

---

① 布莱：地名，属于法国。

② 埃斯库罗斯（前525—?）：古希腊悲剧诗人，与索福克勒斯和欧里庇得斯一起被称为古希腊最伟大的悲剧作家，有“悲剧之父”、“有强烈倾向的诗人”的美誉。代表作有《被缚的普罗米修斯》、《阿伽门农》、《复仇女神》等。

能使得这样的艺术奇观复现，那就是：找到与动作本身相同的语言，要找到这鲜活的语言，会动的语言。下意识的表述搭配着自然而然的动作成为独一无二的句式，使得这样的表述只能在这样的情形下使用，而不适用在另外的场合。词、短语、句子不应是编剧创造出来的，而应该是自然而生的。当作者在写作时，真正地感知他笔下的创作物，必定是感其之所感，愿其之所愿的。

谈到戏剧语言，我并不想对其外部形式做过多的讨论。我国剧作家的戏剧语言实在是不敢恭维，这也都是因其工作的本质中存在的缺陷所导致的。我们的这些剧作家首先会看到一个既定的事实（当他们看到的时候）或者一个给定的场景；然后他们就会有，或者自认为有了一个关于生活感悟的某种观察，然后他们就想写一出戏剧。这有点类似做完推理后得出的最后结论，将一些外部的成分内容堆叠在一起，抽丝剥茧地研习这些内容之间的联系，然后进行移植合并。这些剧作家们在思考人物的时候，把故事情节构思出来，并试图用最合适的方式来展现：可能一共有三个角色，或者五个、十个，然后将一部剧切分成很多小份分配给这些角色，一些角色得到的多点儿，一些角色得到的少点儿。还有时候，编剧们在创作时甚至会接到这样那样的命令，某个演员必须在某一场戏中出现，或者他或她必须比其他人戏份多一点儿，那么可怜的剧作家们只好调动起全身的智慧和积累多年的精湛技艺去根据角色设定继续启发或者修改剧本。

大家都是这么做的。从来没有人想过，或者愿意想过，真正的做法应该是完全相反的。艺术应是生活，而非推理。从一个抽象的念头出发，或者受到一件事情又或一些稍带哲理的思考的影响，然后开始往后推，通过冰冷的推理和研究，得到一些能够作为象征的图像，真可谓是艺术的死亡。不该是戏剧创造人，而是人来创作戏剧。所以，一切的初始都应该是人本身，是那些鲜活的、自由的、行动着的人。只有有了人，才能诞生出戏剧这一概念。胚胎刚刚形成之时已然包括了这个生物体一生的命运构成，每一个小小的胚芽里也都有一个蓬勃的活物蓄势待发。在橡子小小的躯壳里是一株枝繁叶茂的参天橡树。

当我们讨论戏剧体裁的时候，人们大多知道这是一种快速的、生动的、深刻而富有激情的体裁。但是如果要深入谈论戏剧艺术的话，那么“体裁”这个词的内涵意义则要大大延伸了，我们甚至要把戏剧语言也包含进来一起考虑。既然是戏剧，那么就要在对白设计中完全摈弃剧作家个人本身的性格特质，在整个作品的构思、故事梗概、剧情设计以及所有围绕戏剧创作的一切环节里都不能有一丝一毫个人信息的保留。剧作家会创造出来一些人物，并将这些剧本里的人物分配给活人去演，而不是在舞台上放一些假人，这些演员们自然会有各自不同的方式去表现。对于剧作家而言，他的剧本读起来应该是复合的、多元的，像是由很多人共同完成的一样，而不止是只出自作家一个人之手。这个角色的台词就应该是由这个角色自己来完成，举手投足间的自然表现，都是角色自己的，而不是剧作家赋予的。

话到此处，我必须说，在我看来，邓南遮①的戏剧作品在这方面做得实在欠缺。他的戏剧作品中，作者主观的成分太多了，完全没有或者只有那么一点点是由剧中人物自发带出的。总而言之，邓南遮的戏剧是写在稿纸上的，不是鲜活的。很明显，邓南遮在作为戏剧创作者的时候（我不知道我的那些佛罗伦萨的朋友们是否会同意我的观点②）没有能够抛弃掉自己强烈的写作风格和表达方式，没有意识到要排除主观喜好地赋予他剧中的每一个人物独特的性格特质这一根本重要性。

但是要注意，对于某些所谓的戏剧专业人士之见解，我也是

---

① 邓南遮（1863—1938）：意大利著名诗人、小说家、剧作家、民族主义者。代表作有《初春》、《新歌》、《阿尔奇奥内》等。邓南遮同时也是著名的法西斯分子，是墨索里尼的主要支持者之一。

② 1898 年以后，邓南遮迁居佛罗伦萨，在塞蒂涅亚诺的卡蓬奇那别墅里一直住到 1909 年，这是他文学创作的重要时期。

完全不敢苟同的。这些人称的专业人士几乎是带着一种恭敬的怜悯看完了邓南遮的戏剧，好像是看见一位在另一领域极其杰出的大家，离开自己熟悉的领域，在新的领域试水时，还“没有真正能够做活儿的家伙事儿”而上演了一场滑稽剧。他们说邓南遮的戏剧，应该被印成书，而非搬上舞台。我要请大家注意，对于邓南遮在场景设计上的天才，这绝对毋庸置疑，问题只是存在于他的表达的方式而已。

事实上，对于这些“专业人士”而言，戏剧不是艺术，而是他们吃饭谋生的行当。在他们看来，剧本也不算是文学作品的一个门类。所以，他们笔下那些粗制滥造的作品里到处散发着一股浓重的法兰西风味：你看，好好的一段儿台词被切割成小段，每一段儿上还哗众取宠地加上一两句在大街上或者不知道哪儿听来的俏皮话，却还以为自己的妙想像玻璃纽扣一般锦上添花。而那些剧中的人物呢，都用同一种方式说着干巴巴的台词，完全没有属于角色的风格，都是千篇一律的。在我看来，邓南遮目前的作品（除了他的戏剧）并非只是简单的写得好，而是写得都是极好的。而那些所谓的“戏剧专家们”的作品，可真是写得太糟糕了，简直不堪入目。

这样的情况估计在未来的一段时间内都不会有什么改变，除非人们真的严肃意识到舞台上每一个动作每一个想法都有自己的含义。这些含义都会在每一幕中，每一个场景中真实鲜活、充满刺激效果地展示到观众的眼前。戏剧中人物个性中的自由人性是至关重要的，若是真的使用了黑格尔式的语言，那么也是因为角色在表达上需要展现合理的悲怆情感。如果真的如此发展发现，剧作创作中，角色人物的性格特质会越来越明确与明显，越来越不受拘束。人物的性格会成为大家伙儿关注的中心，会是艺术家表现的重点，会是依据所假设出来的事情发展而所必备的性格特质，几乎可以从戏中人的每一场戏中都能够清晰地读懂他的性格，而不是剧中人偶然间一个动作所带出来的背后的真相。因此，人物性格中各种复杂的特性都必须融合到某一个明确的主题中，凝聚到每一个场景里，除此之外还得找到最包罗万象的表达和最意味深长的动作将人格个性的方方面面展露得清清楚楚，面面俱到。

我们所编排的每一幕剧都是一个完整的存在，我们所能展现出来的也只是当下的这一幕剧中的一些关联或者是我们所认为的当下。尽管如此，我们所力求达到与关注的依旧是完整的整体。这就好像是一个多面体相邻的两个面，从不同的角度我们可以看见不同的面，但是处在同一个视角上，我们也只能看见一个面。

现在，将人物个性中不同的成分归结为他或她独一无二的性格并在剧本中呈现，找到最恰当的语言投入到当下的这一个场景却又同时映射在这个人物在整部剧的统一性格里——这才是剧作家们需要跨越的千难万险。

今天在座的各位有多少人能够完成这一壮举呢？

戏剧与文学

戏剧创作者们和戏剧专业人士向来不屑于被认为是文字工作者。在他们看来，戏剧就是戏剧，戏剧不是文学。

我起先也不想中伤他们，可是渐渐地，我发现戏剧创作者们的这点傲气其实是根源于戏剧创作者的高收入与纯粹的文学创作者的低收入之间的巨大差距。

诚然，剧作家们酬劳是所属的剧院公司根据作品来评价并且支付的。这跟其他所有的商业机构都一样，这份酬劳既要保护自己的创作者们不会被其他的剧院挖走，同时也要照顾到剧院负责人、剧院出资者和管理人员的心意和口袋。剧院负责人、剧院出资者和管理人员这些重要人物的心意决定了剧团里排演的哪一出戏可以转让给其他的剧院，又或者自己的剧场可以暂时租借给哪些外来剧团以上演别人的戏。这些收入的百分之多少来源于首演，多少来源于第二场，多少来源于后续的场次，这些都由米兰作家协会做完整的统计，作家协会则会每三个月给会员作家们一份收入的详细报表。实话说，不管一出剧烂到什么程度，剧作家们的收入一定会高于那些写小说或者写故事的作者从他所出版的作品里获得的报酬。我们这里还没有包括那些诗人呢。

其实我所指的这些剧作家们的这点工作和文学真的没有关系。我们甚至可以如他们所愿，大方地认同他们的观点，他们的那些剧作根本和文学风牛马不相及，只不过是一些或多或少带有喜剧或悲剧元素的作品罢了，根本算不上文学。

但是我们需要关切的是，虽然不算是文学，但是他们所创作出来的悲剧与喜剧迟早有一天是要被白纸黑字印刷出来的，而提词器上划过的每一个词句都要经过书稿编辑细心校对然后被打印排版，最终以纸质的形式陈列在书店的玻璃橱窗内的。演员们在舞台上顾盼生辉，风流倜傥，挥洒自如所获得的丰厚报酬也竟只值得封面上少得可怜的定价，虽然不情愿，但这不可一世的新门类最后也只得与那些穷困潦倒的纯文人的小说们静静地躺在了一起。

我们还是不要算这笔糊涂账了吧。但是这里有一个误解必须要说清楚，而这个误解正是由“文学”这个词而引起的。

那些戏剧创作者们，那些戏剧从业人士写得可真叫一个差，这不仅仅因为他们从来就不知道什么样的叫作写得好，或者从来就没关心过如何才能写好，更因为在他们的心中根深蒂固地认为，如果剧本写得好，那是文学家，不是戏剧家。好的戏剧家一定要像他们所做的一样，必须用口语化的表达才行。这些戏剧从业者们对文学一窍不通，他们声称剧中的人物可不是文人雅士，不能在舞台上说得头头是道。这其实是对的，剧中的人物应该说他们本该说的话，用他们本来的样子，而不是用纯文学化的语言。

我所说的剧作家们坚持己见，却丝毫没有意识到自己将“写得好”与“写得美”混为一谈了。他们逐渐走入一个错误的怪圈，认为写得好就代表着要用华丽优美的辞藻。他们从未思考过，在当下的审美环境里，句式的过分堆砌和词语的无用缀叠一样，是令人无法容忍的，就像这些剧作家们糟糕的作品一样。文学可不仅仅是美的艺术，徒有辞藻的文章和糟糕透顶的文章一样，照样不可能会是好的作品。尽管我们的这些剧作家们自认不属文学之流，也难逃被责备之命运。

写好一部悲剧或者一部喜剧并不意味着一定要让剧中的人物用一种非口语的、为了文学而文学化的语言说话。如果是这样，只能说辞藻华丽罢了。我们要让剧中的人物自然而然地说话，根据他们每个人的个性，所属的社会地位和所处的生活环境，在各式各样的瞬间，真实地表达自己的情感。当然这也不代表戏剧创作中就应该使用一种非文学的大众世俗的语言。那么在艺术创作过程中的“非文学”又是什么意思呢？艺术创作过程中的语言永远都不可能是大众化的语言。因为所有的台词对白都是某一个特定的剧中人在特定的场景中说出的，是由他自己的个性，和当时的情感所决定的。那些马虎粗糙、模糊不清的表述方式只能暴露剧作家实际上不懂得如何找到合适的表达的弱点。如果剧中的人物都按照自己的方式来说话，来行动，那么这部剧就算是写得好的。一个写得好的剧本，如果又同时富有内涵，结构精巧，传达到位，那它就是一部文学艺术作品，和长篇小说、短篇小说或者抒情诗一样是文学作品。

我们目前所面临的现实是那些剧作家们，那些戏剧专业人士们，都停滞在自然主义那“美丽的诗意”中，而将自然主义的外部特质、精神特质和美学特质混为一谈。自然主义的美学特质（至少是在理论上的美学特质，因为在实际中是无法实现的）被赋予了外部特质的一些固定性和机械性。

我们必须在头脑里梳理清楚，艺术，无论哪种形式的艺术（我所指的是文学艺术，戏剧是其中的一种表现形式），都不是单纯的模仿和再生产，而是一种全新的创造。我们当下会遇见的问题有语言的问题，就是应该如何说话；还有就是在意大利找到一种真正可以在全国通用的口语表达方式；另一个困难还在于意大利国民的生活并不能给戏剧创作提供灵感和材料，使得当下的戏剧创作就好似生活本身的复制与集合。生活中的鸡毛小事和虚无的迷信在所谓的戏剧理论中（也只能在理论上成立，因为在实践中是完全不可能的）都成了演员们能够在舞台上博取观众喜爱的手段，好像我们在日常生活中用自己的双眼看到的那样。这所有的所有都是一种荒诞的系统对于殉道者的无情折磨，是偏离正道的文艺思想，好在这一理论现已有了很大的改进。但是我还是要说，这说明了我们戏剧从业人员在思想上和业务上的停滞不前。

不要尝试模仿或者重现生活。原因很简单，因为没有一种模仿能够比生活本身更加真实、更加有性格。生活是一股持续不断的、模糊的流线，她就是我们看见的样子，不断地在变化，无限而多样。现实中的每一个人都在创造着自己的生活，但是这种创造，很可惜，从来都不是自由无拘束的。这不仅因为所有的自然需要和社会需求都会在不同程度上限制人和物的行为，并不断地重塑、冲击着它们，直至人和物最终崩溃瓦解。人们创造自己的生活不能自由的另外的原因更是，在我们创造生活的过程中，我们的欲望会不断扩大，虽说不是自始至终，但是会根据实际的需求而扩张，例如对于社会地位的渴望等等。这必然会使得我们对于自己的行为做出调整，或放弃或追求，这些都是我们得到自由生活的阻碍与限制。

只有艺术，真正的艺术，才能随心所欲自由地创造。创造，才是艺术的本质需求和内在法则。创造是艺术的目标。因为在艺术中，我们的意愿不再需要向外释放，不再力图超越一切可能左右我们选择的外在障碍。我想说的是，我们所从事的并力求完成的，也正是为了达到这一个目标。同时，在艺术中，我们的意愿是向内爆发的，向我们每日面对的生活。在我们的内心中，意愿变得生动起来，几乎已经可以独立于我们而存在，继而成为行动。这才是真正的、唯一的技巧。自由、自发、即时的动作背后应该是浓厚的意愿支撑。不是我们或者剧作家们希望这个动作应该这么做，而是动作本身，完全自由地选择了这个方式，因为除此之外别无科学。强烈的意愿能够使得它自身以及我们观者在肉体之外找到更多的介质去传递，例如雕像、本子和书籍。只有这样，美学特质才算是完整的。

通常情况下，用于展示人物个性的动作都被分割成小块，分散安排到整部剧的不同部分和一些不值得一提的细节里去。这么做是毫无意义的。俗不可耐或是突如其来的戏剧冲突让表演偏离原来的轨道，将人物的形象个性敲打得支离破碎。艺术使得人和物，以及他们的动作自由，不再受到无意义的偶然、无意义的细节、庸俗的障碍与可悲的意外之束缚。从某种程度上来说，艺术将这些都抽象化了，不带有一丝刻意的小心谨慎就可以将艺术家所反对的一切抛开，将艺术家所赞同的一切重新凝聚，并赋予更多的能量与丰富。艺术家由此创造出一件作品，不同于自然之杰作的无序与充满矛盾（至少表面上看是如此），艺术家创造出了一个各部分之间有机合作的小小世界，这正是艺术家的终极理想。艺术家脑中对于角色的想法和刺激着艺术家发挥的情绪召唤着具体的一些图像的形成。这些图像重新排列着，组合着，无用的细节都消失了，只有角色性格中最鲜活最符合逻辑的那部分被留了下来，继而被继续强化和凝练。我们可以这么说，这最后被留下的部分，可能不那么实际，却一定是最最真实的。这是戏剧创作时，整部剧的核心的诞生时刻。

艺术作品已有固定唯一的表现形式，即在白纸黑字间。这其实也是一种表现，也是一种形式，只是需要成为更加具体的展示，一种演员们用他们自己的方式和能力赋予新形式的展示。因为演员，如果他不愿（也许他们自己对此并不自觉）只是简单机械地像发言人或者留声机一样照本宣科地将剧本中的台词读出来，那么他就需要去理解他所饰演的角色，要设身处地地去思考角色，想角色之所想，说角色之所说。除此之外，之前已经成像的图像则需要反退回去，由演员去组织尝试，将其再次展现在舞台上。这对于演员的要求也非常之高，因为在整个过程中需要避开主观的构思，而是要回到行为本身上去，回到人物的形象上，回到最初激发灵感的那个生动积极的形象上去。仅仅内心的揣测已不够，需要全身心地成为那个角色才可以。

现在，既然最初的灵感来源于人物形象的思考，并非演员自身之所想，而是由剧作家的笔墨在演员的内心中勾勒的，那么这两个形象会是一致的吗？在从一个思想转到另一个思想的过程中能够完全没有损耗或者改变吗？作者的构思与演员的理解不会完全一致，最多只能是相近的两个形象，大差不差已是难得，但是完全一致更是不可能的。舞台上的那个演员说着剧本上所饰演角色的台词，但是绝不可能是剧作家所创作的人物。因为演员又再次对角色进行了创造，用他的方式、他的语言，虽说不是演员自己的词汇，但是用他的声音、他的身体和他的动作去完成的。

由剧作家创作和书写的悲剧和喜剧都是文学作品，人们在剧院里面看到的只是这种文学作品的舞台化的演绎。不同的演员去演，这部文学作品就有不同的译本，它们都大体上忠实于原著，又或多或少地有所发挥。但是正如每一种翻译后的文本，都没有原文来得地道真实。

这是为什么？若要问原因，我们倒可以仔细想想。演员所做的事情正好和剧作家们所做的事情是相反的。演员要使得这个角色在舞台上更加实际，而非剧作家所想要的那么逼真。演员在扮演角色的过程中会除掉剧作家所写的一些理想的成分，增加物质的部分，从而会使得角色更贴近观众的期待，也就是更加实际，以至于演员会使得角色不如剧作家笔下的人物那么逼真。这是因为演员所面对的环境是一个虚构的场景和常规的舞台，生活在尘世间的演员们实际上是要在这样一个人工建造的、迷惑的场景中，假装是理想生活里的那个人，做着这样或那样的动作，成为艺术的一部分。

所以呢？那么那些认为戏剧就只是戏，戏剧不是文学的剧作家们做的就对，说的就有道理吗？

如果说戏院是一些日场夜场上演的地方，为了保证效果，有一些演员围绕着一个主题进行着细致的排演，可能是悲剧也可能是喜剧。是的，剧院的确有这样的作用。但是在这个意义上，作为艺术的一种，戏剧表演可不能够只是那些漫画杂志上为了配图而使用的小儿科的台词。写作，不是为了文本，而是一种翻译。

如果只为演出，博观众一笑，那这样的戏剧真的不需要一丁点儿的文学成分。分发给演员们一些材料，然后就让演员们自己发挥，最后的成果，基本上也就只能算是艺术上的即兴演出罢了。

但是对于我们，戏剧完全是另外的一个东西。

意大利戏剧介绍

在大众表演的众多门类中，戏剧在人们文明生活中的重要性是很难用三言两语就可以阐述清楚的。这在当今世界，不只是意大利有如此困境。

所以我请各位看官和我一起，带着思考，共同回到曾经那文明极其发达的时代，回到古希腊和古罗马的时代。除此之外，据我们所知，早先在古印度，后来在我们的文艺复兴时期，除了在罗马，在费拉拉和生机勃勃的佛罗伦萨，人们都将戏剧演出视为一个带有宗教色彩的典礼，或者可以说是一场包罗万象的真实“人生之戏”。在戏剧中，剧作家们所创造的场景能够成功激发起所有观者的内心情感共鸣。

总体说来，人们还是有机会感受到，甚至用双手触摸到戏剧的本质的。戏剧的表现形式其实就是生活本身。无法进行思考的动物尚且已经能够知道在玩耍时，向自己的同伴表演些节目以供娱乐。人类之间更是如此。人类会将自己的生活呈现给他人，以满足一种被观看的欲望，一种被评判的需求，以让自己在与他人的交往关系中更加了解自己。也就是说，在内在的情感面前，知道并感知与自身相关联的其他部分的需求是合理的。正因为有这样的需求，每一个民族都自然而然地拥有属于自己的戏剧。戏剧就诞生在人们歌唱，玩耍，哭泣以及宗教节日的庆祝中；一个人站起身来，或兴奋或悲伤，他可能在祭祀天神或是纪念英雄，在场的其他人随声附和；又或人们在真实地表演，合唱队的歌声时不时地穿插其中，台上演的尽是天神或英雄的悲欢离合。

所以，没有戏剧的生活是无法想象的。几乎每年都有这样的一天，或者一年中有好几次，戏剧表演是大家都期待并关注的庄严肃穆的大事。与其说是有这样一天，不如说是公共生活中，人们共同等待和需求的一种表现，是生活本身给人类自己的一份启示、一个样品。在这样的背景下，剧作家们笔下的话语与人类社会中最崇高的理想联系显得更加紧密。

但是，我觉得必须补充一句：我所描绘的可不是我们当下所生活的社会。我所描绘的社会的文明程度比我们现在社会的要更高，同时也更加庞大更加复杂。相反地那个时候的戏剧也不是我们当下的戏剧。我们的戏剧逐渐变得小众且无聊透顶，甚至我们可以开始认为，当下的戏剧已经变得可有可无了。在今天的国家文明和极复杂的价值体系下，喜剧表演里总是安排一个业余警察锲而不舍地试图抓捕一个最不可能是犯人的人，这样的场景到底有什么意思呢？

今日之戏剧，除了是一种夜晚消遣的方式以外，已别无所用。人们工作了一天，在睡觉之前想看点儿戏，寻点开心罢了。

而那些工作了一整天的人们，哪里能够有足够的品味、时间和精力，在饭后睡前进一个剧院来寻乐子找消遣呢？

谁能摸着自己的良心说：这就是戏剧的观众，这是戏剧之城的娱乐？

不，谁都不敢说这话。当然，除了一些贵族和资产阶级，或许还有一些手工业小商贩们还能真正走进剧院，体面地欣赏一回。

于是我们必须承认，如果戏剧曾经在人民的生活中占有过重要的一席之地，如果曾经戏剧的精神是那么不可忽视的话，那么如今以及在不久的将来，戏剧已不如从前，戏剧表演将从观众面前淡去，单凭质量也实在没有资格向大众展示。今日的戏剧只是一种消遣，一种相较于其他消遣来说很不好玩的一种娱乐。

好吧，这个问题似乎需要我们好好讨论讨论。正如大家所说的那样，这是个很现实的话题。我们的目光必须透过美丽的修辞外表直至赤裸的内底，然后将丑陋可悲的结局坦诚地摊开在面前。但事实上，我们所有的讨论都是空谈幻想，我们忽略了对于事物本质精神的探究，仅仅满足于这狡猾的冷漠，只因为一些言语修辞上的煽风点火而痴狂激动。

如果用理性的真诚来思考的话，人们很快就会发现，真正的戏剧在今日丝毫没有丢失掉它一直具有的价值。这宝贵的价值实际上也无法丢失，因为戏剧的价值是与戏剧本身缠绕在一起的。所以即使在未来，戏剧也不可能失去价值。以前，人们在宗教节日里汹涌地奔向广场去参加重大的表演，看戏赏剧。那时候，人们看的是具有极高精神价值的生活场景，而今日的戏剧，就其本身而言，依旧保留了自己的优势，就算观众正在逐渐变少，也坚持做到最真实的展示。我想说的是，面对着半空的剧场，稀稀落落的观众，我们依旧坚持将真正的艺术作品搬上舞台。就在这样的夜晚，这零星的一些观众就成为我们不多不少正正好的知音，当剧作家笔下的人物活生生地站在舞台中央时，戏剧那神奇的魔力一定将在场的所有观众俘获。没有来的人可是吃了大亏，他们缺席了一场自己所隶属的社会的最饱满的精神生活的演出。这演出真真切切，完全是当下的社会现实，没有来的人也是这生活的一部分。当然，这可不是什么值得自夸的事情。

那么在戏剧的本质中，哪些是它所与生俱来，无法失去的价值呢？

对此我在最近的一次演讲中曾经提到，这里我也用相同的话再说一遍：戏剧赋予情感和思想以声音，将激情释放得淋漓尽致，出于艺术的本性，戏剧讨论的永远是那些模糊不清的事物。戏剧始终对于人的行为做出公正的审判。那些行为，看似是剧作家们凭空想象，虚构出来的，却真正是对于我们日常的混乱生活的告诫：自由人性的审判能够极有效地唤起审判者们不断追求更高尚的精神生活的梦想。这就是我所认为的戏剧的价值。我曾想在最开始的时候就谈到戏剧的价值，好让各位知道，我们齐聚一堂讨论世界上最好也是最重要的戏剧——意大利戏剧，是一件很严肃的事情。

但是我很害怕在座的各位中有人会对我说的“意大利戏剧是世界上最好的也是最重要的戏剧”表示惊讶。我希望，在读完我的这篇文章后，这些对此表示惊讶的人能够将真切地体会到意大利戏剧中自始至终保持的一种对于理想价值的深切思考，并对几个世纪以来我们伟大祖国所培养的杰出剧作家们不断创新和孕育的新价值而表示由衷的赞赏。

是时候也在戏剧这个领域进行一下革新了，先生们，我们要改掉在外国事物面前妄自菲薄，贬低我们自己事物的态度，我们要改掉这不好的心态。数世纪以来这样的病态心理已经成为懒惰的温床，成为个人和集体不负责任的借口，在法西斯主义的神圣不可侵犯的洪流来临之前，这些都根本不能算是意大利人的性格特点，丝毫不是典型的意大利性格。诚然，认识到这点是非常痛苦的，可能只有我们最卑微的农民和手工业者们能够对这病态心理免疫。在每一次同样的生活艰辛摆在外国的农民、外国的手工业者的面前时，我们的农民和手工业者们能够清楚地感受到且明确地知道，自已比他们更优秀，更有能力，更会工作，而且他们愿意敞开心扉进行呐喊。然而我们的知识分子呢，在课堂上，在报纸上，在书本里，在谈话中，在灵魂里，由于学识上的贫瘠，判断上的偏颇，更多的是因为物质的局限，最常见的是因为良知的缺乏（此点也可以归结为缺少合适的准则，真正的文化以及开放的态度），他们习惯于用精致的怀疑嘲笑意大利语方言或俗语的地道表达，并以此为乐。也许他们没有找到合适的嘲笑的方式，但也至少导致了方言的表达不被大众赞赏，而这样的赞赏正是他们所焦急寻找的。现在更有这样荒唐的情形，一部喜剧，不论内容，只有多少带点儿法国喜剧的气味儿，那么就会被认为是好的喜剧。如果法国风格难以企及，那至少得带点儿德国喜剧的风范；最差最差，既然好的学不来，那英国喜剧也勉强凑合。看吧，这就是为什么在十五十六世纪的意大利戏剧史上，莎士比亚的戏剧如此流行。莎士比亚也真够幸运的。啧，这是多么有用的发现！当时咱们的剧作家们难道不是在莫里哀、卡尔德隆，或者洛卜·德·维加的家里做客吗？生动的、健谈的、异域见闻与浪漫的事迹充斥在这样一个满是冒险的世界，在一双双眼睛的注视下渐渐揭开盖在秘密上的面纱。

但是我们还是不要着急，还是一个个地把来龙去脉说清楚。

欧洲戏剧其实并不如人们所想象的那么古老与悠久，如果将个人印象和真正的年代资料对比看起来的话会让人更加迷糊。中世纪时期的戏剧有很长一段时间可谓是一片荒漠，而在这片荒漠中，人们很少会遇到沙漠中的绿洲，更常见的情况是碰到一些埋葬着人骨的小坑，连个像样的陵墓都看不到。我想说，在中世纪的那几个世纪里，几乎没有一部像样的戏剧作品，只是时不时找到一些已经夭亡的剧本雏形。前段时间人们讨论修女诗人罗斯维塔[①]讨论得热火朝天，讨论的主题是关于罗斯维塔作为一个在当时黑暗日子中带来了多么明亮的曙光。但事实上罗斯维塔的作品依旧是粗大低沉的，听起来很冰冷且不带一丝情感，是由一个干

---

① 罗斯维塔（935— 1002）：公元十世纪德国圣女修徒，同时也是剧作家、诗人。

枯的可怜躯体在最后的平和中发出来的。其实关于探究戏剧之源的道路还有很长，因为在意大利，当一些专家们急匆匆地宣布自己有了关于塞内加[①]的新发现新研究的时候，与此同时，在那结结巴巴的甜腻的语言中，人们终于听到了鲜活的声音，终于不是人为制造出来的那陈旧的阴森感，而是从人类温暖多情的胸腔中由内而外发声的。这声音照亮并使当下的社会生动活泼起来，哦终于，人们终于投入到自己的生活里，投入到工作中，融化在自家屋舍的亲密中，聚集在周末教堂的弥撒里。似乎整个人类世界因为照耀在亚平宁半岛上的灿烂阳光而重新辉煌起来。正是在意大利，耶稣基督第一次生活在凡人之中，而不再是从现已无人晓得的古语中流传下来的训诫；他用真挚的语言表示知晓人们发自内心的虔诚。耶稣基督在新基督世界中成为戏剧领域第一位崇高的人物形象，正是在意大利的戏剧舞台上。充满天才的创作者们让救世主如常人一样和圣母、圣人们对话，曾经坚不可摧的冰冷终于融化，横亘在天地之间的无尽也变得触手可及。

直至今日，心灵的盲目折磨着我们的文学史研究者，他们敢于将翁布里亚的宗教材料中的生活表达与当代法国神秘剧作对

---

① 塞内加（约前4—65）：古罗马时代著名斯多亚学派哲学家，曾任尼禄皇帝的导师及顾问。

比，而对中世纪理智主义抽象的冰冷所造就的灵魂闭塞却始终没有丝毫改变，人们对此甚至连提都没有提过。

这其实是对于精炼风格的偏爱，很多意外的惊喜或者天才的发现到头来会沦落为令人作呕的重复，似乎剧作家们没有能力对于语言的组合排列进行精妙的调整。学者们本应在对比中发现这点，并用随心自如的表达避免出现这样有违事实的情况。然而，他们总是千篇一律地说着“当代的法国戏剧确是从我们翁布里亚大区的宗教剧里学来的”。仅此而已。

我们意大利戏剧在发展中逐渐将例如耶稣受难或者其他基督教传说场景发展成为极其复杂的系统，这是意大利戏剧强大内在生命力的首次有力展示。我们还可以说，在意大利戏剧的发展中，无论是世俗剧还是宗教剧，都有那么些不朽的时刻需要被铭记。

当然，看到某些的宗教诗歌被迫削足适履般地去适应戏剧叙述的表达方式以及歌剧形式，并不是什么令人开心的事情，但戏剧叙述的表达方式以及歌剧形式这两者却是戏剧表现最基本和最地道的法宝。对于其他诗作来说，我们或许还可以谈一谈里面的内容。人们忍受着内心饥渴的煎熬，汲取着最纯洁的甘露，表面上看来越不典型的宗教色彩反而能够最真最生动地体现出圣母的活力，自此，借助着艺术的力量，我们终于有能力去改观一下我们的精神世界了。对生活的重现同时也体现了圣者与凡人之间的对比，而不再只是单纯的赞颂，那些动作那些感觉，让这些遥远的圣人们生动地活在人群中，活在当下里。传说中的一切背景信息，姓甚名谁，穿衣打扮甚至圣人们的内心世界都最终决定了戏剧中角色的设置。为此，创作者们为自己找到了一项和画家一样的新发明，画家受到委托负责祭坛上面的装饰屏，他跪在自己的家人朋友中间一笔笔、一道道地将自己周围的生活场景用手中的画笔忠实地记录下来：狂吠的小狗吓坏了旁边的孩子，妈妈把孩子抱在怀里轻声安慰，旁边的女邻居正虔诚地祷告，丝毫没有受到狗叫声和孩子哭闹声的影响，而这些画上的人物，生动形象，虽不是血肉之躯，衣着也与常人无异，但却散发出美丽的光彩与高尚的韵味。正是这份光彩与韵味才将圣人或英雄与凡夫俗子区分开来，不受尘世间污秽的沾染。若要解释这一现象的话，只能说是画家已经能够赋予笔下人物神圣的存在了。

对于神圣的刻画是对平凡生活的颠覆。对于满脑子都是条条框框、墨守成规的文学教授们来说，他们只能在这样的作品里看见草率天真，缺乏逻辑以及粗制滥造；对于那看似松散的，不够紧凑的安排，这些学者们总是费尽心机希望把这些“世俗艺术的粗制滥造”拨回正轨，然而对于那些陈旧的、繁琐地所谓的“一般形式”则完全是另外的一副面孔，似乎这样的形式越多越繁琐，他们对于作品就越严谨越负责。

但是，天哪，意大利戏剧可不是文学史的学者们有资格指手画脚的。说出来你们可能不相信，其实这些文学史学者们自己也不能说清楚到底什么才是他们常常挂在嘴边的“常规的形式”。因为这些所谓的形式，最初是诞生在模仿塞内加经典的悲剧作品的过程中，在希腊的戏剧中也很常见，如埃斯库罗斯、索福克勒斯和欧里庇得斯的悲剧作品。虽说是模仿，但是怎么说呢，这些所被模范的范本本身就缺乏严谨性，因为古希腊的戏剧总是想要脱离生活而存在。古希腊戏剧通过引入大量的英雄与天神使得自己的古典气息根深蒂固，但是却缺乏系统的教育，从而陷入了耍把戏的怪圈。

但是我们永远无法否定的是，在戏剧中，那些著名的宗教场景，对于经典的模仿与翻新，市井生活与高雅的艺术之间都有着千丝万缕的联系，他们之间产生的化学反应产生出一种类似于空气的物质，弥漫开去，让剧中的每一个人物都沾染上这样的气息。

这到底是什么意思？

意思很明了，就是，我们的生活每时每刻都是新的，纯洁的，独一无二的，我们的新生活就像薄伽丘小说里写的生活一样，都是从来没有出现过的。

这才是虚构的真谛。

意大利戏剧没有选择。在它诞生的时代里，虚构的定义已经在文学的领域根深蒂固了，意大利戏剧的虚构已成为我们日常创作的习惯。而且需要请大家注意的是，这个日常行为，只有我们意大利人在做。同样需要大家注意的是，直到今天，欧洲还没有真正意义上的戏剧。这并不令人惊奇，原因很简单，当欧洲拥有真正意义上的戏剧的时候，它也必将立足于虚构，只有虚构，才是戏剧的本质。而这本质，其他国家得向我们意大利人学习才行。

各位看官可以尝试感受一下，虚构在一个被理性思维绑架的世界中，是怎样地步履维艰，动弹不得。我们的大脑在被理性思维统治的年代里已经因为逻辑让我们的生活变得抽象和无趣。现在我们要做的，是打开我们内在灵魂，去感受虚构的力量，用虚构剥去逻辑的爪牙，解放我们的心智，还想象一片天空。只有这样的人才算是有智慧的人，能够重新感知周围世界的人，能够用自己的双腿走向远方的人，能够用双眼双耳去看、去听真实的、陌生的事物，不受任何规矩的约束，不再执着于推理演绎，能够全身心投入冒险探索中的人，是的，这样的智者要去冒险和探索这复杂有趣的世界。现在只要想一想那些执着于将所发生的偶然事件或必然事件都抽丝剥茧进行分析的那些知识分子，就足以让我们感到被压迫到无法呼吸。

好了，现在虚构对于我们来说是自由的清风，只要有虚构就有力量，而且不受任何担忧的困扰。而虚构的第一次登场出现在意大利，出现在薄伽丘的小说里。为了成为现代戏剧的推动力以及成为众多进步的催化剂，首先应该坚定地抛弃理智主义所有冰冷无情的论证特点。但是对此我们还要进行区分，尽管理智主义在中世纪法国叙述诗里曾大放光彩，但是在戏剧领域，这样的推理却毫无裨益。薄伽丘，深切体会并认识到现实生活的无限魅力并对之极其敏感，薄伽丘，他作为黑暗中世纪时期文艺复兴初期真正的大师，文艺复兴之父，他的小说如同一面生活的镜子，作者的智慧与读者的智慧在此交汇，孤独与安静迸发出无限能量，在纷乱的社会里，在众多的约定俗成中坚守着自己的本性。这样的天性释放首先发生在这样一个人的身上一点儿都不奇怪，只有拥有最敏感的灵魂和最宽阔的胸怀的人才能担此大任。因为与此同时，社会中的大多数人，也就是我们常说的集体正在所谓“老规矩”的圈子里挤成一团，尽管对新事物有所耳闻与好奇，却始终因为害怕迈不出步伐。究其原因，他们害怕自己没有能力将新的事物控制在自己的手中。那么谁将做这第一个吃螃蟹的人？谁将完成这迈出第一步的艰难使命？

意大利社会和意大利戏剧，将会用壮举在历史上留下自己的名字。

初生牛犊不怕虎，新生的意大利戏剧能够在没有任何叙述支撑的情况下在大众的面前将我们所感受到的，人们所感受到的新的事物完整真实地展现在观众的面前。这是我们自发产生的超越，是让人幸福的超越，是有广大人民基础的超越。这个超越，一旦完成，经验也就有了，所有人也就知道该怎么做了。欧洲戏剧的发展也就有了明确的方向。

欧洲戏剧史上很多剧目的诞生和进步总是可以在意大利的戏剧里找到影子。

我们意大利人，或许是天性使然，即使身处在圣人的旁边也感到有开玩笑的愿望，所以我们的戏剧对于那些宗教神圣场景的渲染并没有多大的帮助。这一点，英国的莎士比亚了解得非常好。

神圣而不可抗拒的天意曾在一段时间里将人们的生活牢牢禁

锢住，丝毫无法动弹。现在这曾绝对的统治开始出现松动，人类逐渐认识到自己的无知，并对探索充满热情。而似乎只有完美的结局或者悲伤的结局才是最好的结果，人们对于自然伦理的重视远超过对于原罪的执着，对于自身情感的关注远大于出于害怕的恭敬。洛卜·德·维加和卡尔德隆对此深有体会，他们在自己的宗教戏剧里加入了活力、改变与人类的情感。

如果我们深刻认识到这结果的重要性，那么获得这样结果的时间看起来就不那么长了。事实上，我们的宗教剧，从十五世纪中叶到十六世纪才逐渐完成大体发展。此外我们顶尖作品里面所使用的表达与悲剧、歌剧安排都极具原创作品的纯真与活力。这就是我们意大利人对欧洲戏剧所做贡献的最好例证。

在这准确的美学直觉下，我非常确定，在众多的信息中，我们非常肯定，整个欧洲戏剧十六世纪爆炸式的发展，英国的莎士比亚，西班牙的洛卜·德·维加和卡尔德隆，法国的莫里哀，这一切的一切都发源于意大利。对此，只有莫里哀坦率地承认过。对于旁观者来说，莫里哀对于意大利戏剧场景、人物的设置过于着迷，甚至于照搬我们的一些喜剧的讨论，要求腰背一定要挺直等等。但是事实上，这些伟大的作家们，欧洲戏剧的创造者们，都在不经意间接受了意大利戏剧精神，并深受意大利戏剧的影响。

这对于那些外国的剧作家们而言似乎是唯一原创且有活力的表达方式，有了意大利戏剧的表达方式才有创作的方向。这于我们现在也是同样，似乎只有他们的作品才是最好的首创。这是再自然不过的事情，曾经与现在，因为人们总是对异域文化或表达的东西感到更加新鲜有吸引力，而对于本国表达的理解上则需下上一番苦心，越是本真越是首创，则越淳朴，最简单，真是越常见的就越自然了。难道有人会对我们每天喝的水产生兴趣吗？但是只要换一个国家，白水也是值得研究一番的。现在，研究文学史的人有责任毫无差错地分辨出不同国家戏剧之间的差别。文学史的研究人员应该具有准确的专业修养，无论一个表达已经多么自然、多么本土化，依然能够敏锐地判断出这个表达的来源。如果有幸找到这样一个起源于自己国家的表达，研究人员定会如获至宝，左看看右瞧瞧，将所有的价值赋予之，直到他觉得自己已经能决定这个表达未来的发展走向。

好的名誉通常都是在自己的国家内打响的。但是意大利似乎走在相反的道路上，意大利从一开始就没有意识到自己对世界提供的源泉，对世界所做的贡献。意大利总是在有意地避开对于民间表达的关注，也就是说，意大利人根本从来没有意识到自己语言的奇妙，这好像只有上帝知道。由于缺陷的评价以及愚蠢的偏见，以及对于古代戏剧形式的狂热追捧以致将其蹂躏殆尽，我们突然在一瞬间将民间的元素与虚构的元素还有当下社会的元素结合到了一起。我们根本没有注意到我国戏剧发展的主线将改变历史原来的发展轨迹，将赋予意大利戏剧曾经应该获得，现在也当之无愧的荣耀。

现在让我们来说说艺术戏剧的来龙去脉。

在被赋予众多重压后，由于对于拉丁以及希腊经典戏剧模板的模仿几乎令人折腰，艺术戏剧被推断为是极其愚笨的剧种，而且被断言不可能在意大利流行起来，正如它所传达的价值理念中没有丝毫对于古典戏剧的现代化演绎。也正是因为这样，艺术戏剧能够承托起传达一些似是而非的理念的重任，当我们大多数人虽然在具有丰碑意义的古典戏剧中找到了人性所在，却只是将它们存留在书籍里作为教科书般的学习。对于波利齐亚诺[1]的《俄尔浦斯笑剧》[2] 来说，即使是古典戏剧曲目中的条条框框也丝毫难不住他，而小博纳诺蒂[3]的极受欢迎且贴近人民生活的剧作则

---

① 波利齐亚诺（1454—1494）：意大利诗人、幽默大师、剧作家。
②《俄尔浦斯笑剧》：波利齐亚诺创作于 1478 年—1483 年期间。
③ 小博纳诺蒂：米开朗琪罗的孙子，作家、剧作家。

与此相去甚远；同时在剧种和场景设置方面极其自由生动的，要数乔瓦·玛利亚·切齐[①]和伟大的马基雅维利[②]了。在马基雅维利的喜剧杰作《曼陀罗花》中，他更是将自由发挥到了极致；直到阿雷蒂诺[③]，和阿里奥斯多[④]以及他的诗作《巫婆》才终于摆脱了模仿希腊戏剧的样子，而是以希腊戏剧为原型，由伪君子导演的戏剧。乔尔达诺·布鲁诺[⑤]的五幕喜剧《举烛人》中多得几乎都要漫出来的人文主义不仅没有毁掉作品，而且还预示着浪漫主义的到来。这股浪潮这几乎持续了近一个世纪的时间。与此同时，在十六、十七世纪，大众戏剧还有另外一股潮流轰轰烈烈，如来自阿斯蒂的阿里奥内[⑥]或者那波利王朝的那些文人都喜欢以庶民的眼光观察和记录贵族的生活，并逐渐地探索出将作者、演员和剧团负责人的多重身份合而为一的方式，如著名的卢赞特[⑦]

---

① 乔瓦·玛利亚·切齐（1518—1587）：意大利剧作家。

② 马基雅维利（1469—1527）：意大利历史学家、作家、剧作家、政治家、哲学家。

③ 阿雷蒂诺（1492—1556）：意大利诗人、作家、剧作家。

④ 阿里奥斯多（1474—1533）：意大利诗人、剧作家。

⑤ 乔尔丹诺·布鲁诺（1548—1600）：意大利思想家、自然科学家、哲学家和文学家，主要著作有《论无限宇宙和世界》、《诺亚方舟》。

⑥ 阿里奥内（约 1460 —1529）：意大利诗人、剧作家。

⑦ 卢赞特（1496—1542）：意大利诗人、剧作家、演员。

和他的作品，就在几年前又被柯博[1]重新搬上舞台。洛奇学院[2]的锡耶纳手工匠们的表演广受好评，还被邀请到费拉拉宫廷里和给教皇去表演。那不勒斯戏剧学校进一步推进了安东尼奥·德拉·珀尔达[3]的作品；威内托人安德烈·卡尔莫[4]首先将方言融入他的众多戏剧作品中；直到安德莱伊尼[5]，带着他著名的极富有天赋且极具野心的剧团游历半个欧洲之后，他写出了情节跌宕起伏的淫秽闹剧。艺术戏剧就是在这些戏剧人的共同努力下慢慢地浮出水面。这些剧作家们，作为演员，他们贴近百姓生活；作为作者，他们又有自己的野心和个人品味。例如卢赞特就对于乡间的淳朴生活情有独钟，而卡尔莫则对于威尼斯商场上的家族斗争和金钱利益欲罢不能。这些戏剧前辈们对于文学家的创作了如指掌，作为剧作家他们又可以选择自己的作品来进行改编。完全单纯的演员是不存在的，只要对于演员在舞台上的表演工作稍有了解，就能知晓。因为每一个演员在表演时的一个小小动作都是

---

① 柯博（1879—1949）：法国戏剧演员、剧团经理。

② 洛奇学院：位于锡耶纳的戏剧团体，始建于 1817 年。

③ 安东尼奥·德拉·珀尔达（1868—1938）：意大利作家、剧作家、新闻记者。

④ 安德烈·卡尔莫（1511—1571）：意大利喜剧作家、演员、诗人。

⑤ 安德莱伊尼（约 1579—1654）：意大利戏剧表演家、剧作家、顶级喜剧大师。

精心雕琢出来的，根本不可能是什么“灵光一现”。

艺术戏剧的诞生源于文学创作者们逐渐走向戏剧，来到戏剧的时间，并成为在舞台上表演的演员。他们在这样的情况下先写戏剧，然后自己表演，这样的戏剧明显就要比独自在书桌前苦思冥想咬文嚼字而写出的作品要生动得多，因为这样的剧作家能够真实地感受到台下观众所呼出的气息。然后，他们准备好调整自己的表演，同时也会因为其他古代和现代作家的戏剧而做出调整来配合紧张的剧目排演，在赶剧的过程中渐渐粗制滥造在观众面前所做出的调整，不再追求那些有效的包袱和段子，或专注于突出剧团里某一个演员的能力。渐渐地剧团的演员们在对台词把控方面的能力日趋优秀，而与此同时，剧作家们写出来的不再是“思考的答案”，而只是一些单纯的动作而已。

这也就意味着，这些作家们已经抛弃了他们的艺术追求。戏剧的生命短暂而富有激情，他们只有在看到自己能够从一部剧里获得的利益的时候稍微留恋一下，他们的总原则只是这场表演观众是否买账。

他们不再是作家，在真正的意义上，他们也不能算是演员。

那他们到底是什么呢？

他们现在每一个人都变成了一种类型，而且每个人都对自己的戏剧事业倾注了全部的决心。按照惯例需要十个人，十种类型，那么就保证一样不多一样不少，然后让一部不同且复杂的表演去博取观众的喜爱；观众们现在也弄清楚了这些惯例，这个游戏的规则，他们因为自己喜欢的角儿的一颦一笑而欢乐或揪心，为之疯狂。

那么这些类型是从哪里来的呢?

答案或许在剧作家们曾经的壮志中。我们以卢赞特的乡村喜剧举个例子。作者在不断的创作过程中，先写出了一部喜剧，然后接着新的创作，或者可以说是对于旧作的优化和超越，他会不断重复某一个角色，在卢赞特的喜剧里就总是有这样一个蠢笨的农夫赞尼，他既单纯又狡猾。然后赞尼这个角色不断出现在卢赞特的新戏中，尽管周围的场景全换了，但是观众们很容易就发现这个角色的行头没有变，还是那特有的装束，只不过出现在了一部新的剧里。和赞尼的情况一样，我们慢慢地就会在舞台上发现其他这样的角色，发现这样一类的角色类型。于是我们会发现，不同戏里面的人物都聚集在同一个舞台上，人都齐了，可是却什么人都没有。戏剧的激情，因为这些固化角色的拥挤而变得干枯无趣，伤了元气，更没有形态和美感可言。这些类型背后所剩下来的，只是单纯的一些动作而已。

曾经令作家头疼的动作安排现在俨然已不再是问题。不同角色类型独特的着装方式和语言风格区分着他们。你看，这样穿着破裤子的就是乡巴佬赞尼，那样穿着百衲衣的就一定是丑角儿，这个是令人又怕又恨的队长，那个就是处处风流献殷勤的骑士，这个是女仆，那个是情人。他们每一个人都在纷乱中保持着自己的一套行为法则演着属于自己的那一部分，因为我们有很多经典戏剧留下的无用套路，所以这么做起来毫不费力。

古典文学世界对于戏剧的最大轻视，就是这些所谓的文学史学者们都将简单模仿古典戏剧的样板作为优异之作，从而遮蔽了戏剧前进发展的亮光。

而我们现在所做的就是将照亮戏剧前进之路的亮光原原本本地还给这个世界。现在，去定义去分类那些角色的指挥棒在我们的手中，我们再也不用机械重复那些枯燥的模仿了，我们要将真正的戏剧、真正的消遣还给这个世界。

只有意大利和意大利戏剧，有能力从古典世界中抽象出一个全新的世界。

意大利戏剧突出的优势，这么说可能有些突然，就是艺术喜剧。正如我们所见，艺术喜剧是一种最通俗最实际的方式，或许也是最简便同时最精明的方式。它的适用性极强，因为它从古典戏剧中汲取素材，同时又完美结合了其他的文学元素。意大利的艺术喜剧极负盛名，且在外国人看来几乎成了意大利戏剧的代表。

与此同时，为了安慰那些研究文学史的老学究们，塔索[①]创造了一种意大利的类别。他真的做到了，只不过这种类别文学性过强，而且只限于田园剧；对于那些不具有欣赏喜剧之魅力的俗人，光是精美华丽的句式也足以他享受半天。这样的结果是完全可以预想到的，其中当然也包括梅塔斯塔西奥[②]笔下那些徒有外表的剧目的出现。对于这些剧本，我们只能说，诗句是真正地下足了功夫，可是在这样的追求中，戏剧也只能自己找个小门出去溜达了。

而我们的艺术喜剧在法国、英国和西班牙都相当受欢迎，并且给他们国家的戏剧上了一课，提供了启发和灵感。我们艺术喜剧中所容纳的旺盛的生命力瞬间就吸引了他们，法国、英国和西班牙的戏剧发展没有走过我们的道路，他们长期以来就只是对于

---

① 托尔夸托·塔索（1544—1595）：意大利十六世纪诗人。代表作有《里纳尔多》、《阿敏塔》、《被解放的耶路撒冷》等。他的作品对欧洲文学产生了重要的影响。

② 梅塔斯塔西奥（1698—1782）：意大利诗人、剧作家，同时也是一位神甫。他被认为是意大利歌剧的革命者。

古典戏剧进行些简单得不能再简单的模仿，去吃我们嚼剩下来的东西，他们对于赋予那些死框架死套路以新生的把戏丧失了兴趣，而我们意大利人却恰好被解放出来，能够自由甚至任性地表达，这正好可以解决他们的需求。

接下来，我们来说说生活中虚构的意义与戏剧中动作的意义。

对于这两点，我们意大利的戏剧在欧洲范围内具有绝对的话语权，可以给我们的同行们好好上一课。我们既不抱怨学生的愚笨，也不会利用他们。没有用太多的时间，我们的哥尔多尼①从意大利这所戏剧学校毕业了。

即使发展到现在这个程度，我们的那些文学史研究者们仍在做最后的挣扎，他们声称：意大利的戏剧终于诞生了一位剧作大师，可是他们不愿直接介绍哥尔多尼，而是情愿用“意大利的小莫里哀”来形容。

这一次，人们依旧不知道在我们的国家里正发生着什么样的变化，什么样的原生力量和全新的表达方式正在诞生。哥尔多尼的伟大在于他勇敢地扯下了人们脸上虚伪的面具，并重新让人们因为生活的活力和无法比拟的美好而由内而外地舒展真挚的笑

① 哥尔多尼（1707—1793）：意大利剧作家，现代喜剧创始人。

容。但是哥尔多尼的喜剧，虽然总是用淳朴的第一人称并用日常方言表演，他这么做的初衷，却并不是要赋予戏剧一种新的形态，而是用一种带有人的气息的心态，去替换掉那些固化了的面具化的表演。而这一点莎士比亚和莫里哀深得真传。固化了的人物形象里固然会诞生出人物的性格。如果我们把目光聚焦在剧中人物的性格上，哥尔多尼的划时代意义似乎就没有那么显著，因为他也是企图按照时代惯例来分配人物的角色，坏脾气的善人，爱生气的人，吝啬鬼等等。但是如果我们把目光放到哥尔多尼戏剧的人物角色身上，就会发现他不再把笔墨平均分配到每个角色的身上，而是开始有主有次地着重描写一个人物，其他的角色几乎都是陪衬的作用。

这里到底发生了什么?

其实很简单，戏剧的发展史无前例地向前跨了一大步，这次发展大到令人难以置信。然而好景不长，很快戈齐[1]就企图把意大利戏剧拉回到原点。

哥尔多尼超越了性格，并且带着令人难以置信的幸福感，轻轻一敲，将生活中一切易变的、流动的、矛盾的或是短暂的事物搬上舞台，原原本本地展示在我们的面前。哥尔多尼手中似乎有

① 戈齐（1720—1806）：意大利剧作家、作家。

根神奇的魔法棒，他轻轻一挥，当代戏剧从岩石荒漠中生长出来的根茎突然强壮了不少，而十七世纪的戏剧，也终于不那么重视“性格”的刻画了。

说到这儿，我们已经知道那些认为在哥尔多尼之前意大利戏剧是一片荒漠的论断是如何虚假，我们也得承认，我们需要好好说一说哥尔多尼伟大天才的现实意义。哥尔多尼的伟大比我们祖国所赋予他的要多很多。我必须告诉你们，因为我们的不作为而导致了很多真正的财富被埋没，这些财富甚至是我们复兴戏剧辉煌，创造属于我们的时代的能量源泉。

戏剧不是考古。不应该将注意力放在古代的剧作上。为了写出新的作品或者改编成新的作品，意味着不关心，而不是不尊重。这是有差别的。戏剧需要整理过去的东西，然后不断地利用这些，这是无论所处哪个时代都亘久不变的真理。

想要看原稿的人可以选择自己在家里独自欣赏，而想出门找消遣的人，走进剧院里，想要看到的是撇掉了旧世界气息的，表达上也跟上时代的，符合他们今日口味的戏剧。

为什么是这样呢？

因为在剧院里的艺术作品，已不仅仅是某一个作家的作品，可以按照他自己的想法去创造。舞台上的戏剧，事实上是一幕真实生活的场景，是真实的生活时刻，只不过发生在舞台上，恰好同时满足了台下的关注。

如果想要达到这样的效果，你们就会发现我上文所说不假。

我觉得我已经把此间的重要性都阐述清楚了，现在我觉得谈一谈我们未来的目标就变得很简单，在哥尔多尼之后，我们意大利戏剧的剧目真的需要好好地补充壮大。但是我想再引用其他的例子来证明或者重复我的观点，重申即使目前看来我们的戏剧受到欧洲其他国家的戏剧，尤其是法国戏剧的影响，我们意大利的戏剧在骨子里总是比他们多一分现实，多一分对于生活的坚持，比如我们的艺术喜剧，还有我们不同地区的剧种，不同的人物和形式，米兰的、威尼斯的、皮耶蒙特的、那不勒斯的或是西西里的。我们的这些剧种虽地域不同，但是却都在理智主义的洪流中坚持往正确的方向前行，是我们意大利人的智慧对于文明发展所作出的杰出贡献。在近一个世纪的幸福寻找后，我们仍没有找到一块理想的处女地能够让我们在此发挥我们的戏剧才华，畅谈新的观点。我们理想的处女地应该令人充满内心的愉悦，在这里对于现实的情感直抒己见是被鼓励的，即使有分歧，也无须害怕这些情感上、幻想中和意愿上的矛盾最终会被道德上的团结逐渐地清理干净。对于当下社会近乎苛刻的评价是照亮在我们每一个当下人心灵的光束。它的光芒如此耀眼，不仅我们意大利人看见了它，全世界的人也都向往着它。由此意大利新戏剧运动的力量不言而喻，我们的这次运动也提供给了我们的欧洲同行和美国同行以全新的创作元素，让他们也加入到探索人性未知领域的大军中来。在我们这个时代创作者的意识里，这场革新运动刻不容缓。我们想知道的是，在深入剖析意大利的剧作家们后，他们是否能够正视这个问题，是否有勇气迎上前去，不管处在什么样的精神情况下，用各自的智慧与方式去面对挑战。

关于戏剧

亚力桑德罗·沃尔塔基金会第四次会议于 1934 年 10 月 8—14 日在罗马召开，本节会议由皮兰德娄主持。会议主要议题为戏剧。本篇为皮兰德娄在会议上发表的关于戏剧的主题演讲。

尊敬的女士们、先生们：

受我亲爱的同事们的信任与嘱托主持这次集中讨论戏剧的亚力桑德罗·沃尔塔[①]基金会第四次会议，我感到非常荣幸。同时我也代表与我一起工作的同仁并我个人的名义，向各位到场的嘉宾致以最崇敬与最热烈的欢迎。

能够迎接各位的到来是意大利皇家学院的幸事与乐事。罗马是一座古老而开放的城市，她时刻迎接生活中的各种可能性，并将方方面面包容其中。意大利皇家学院也如同她所属于的这座罗马城一样，满心欢喜并热烈期待着我国戏剧领域最杰出的各位作

① 亚力桑德罗·沃尔塔（1745—1827）：意大利物理学家，在十九世纪因发明电池而闻名，后来受封为伯爵。

家、导演、评论家、艺术研究者与剧场技术人员的大驾光临。感谢各位接受我们的邀请，积极参与到会议各项议题的讨论中，感谢各位不辞辛劳地各方联系，为我们的工作提供宝贵的信息，带着你们的风度，带着你们的才情，带着你们的学识，带着你们的经验，直接或间接地参与到我们的会议的筹备与讨论中来。在此，我向你们表示最衷心的感谢。

现在有很多国际会议都在讨论戏剧。这数量若是统计出来估计会多得超乎我们的想象。这么多会议，这么大范围的关注，或许一方面说明实际能够讨论出结果的会议少之又少，另一方面也说明戏剧的现在与未来需要多方更好的协同合作才能找到改善现状的治疗之法。如此一来，我们不得不认为，当下的戏剧似乎有点病人的样子，当下的戏剧需要帮助，需要会诊。但是好在所有前来参加会诊的医生们都给这个病人下了存活的判断，而非病危的通知书。因为所有人心里都清楚，这个病人不会死去。

我们的戏剧不能亡。

在生活中，我们每个人都是演员。生活起起落落，里面的故事兴兴衰衰，戏剧总是和生活如影随形，无法消除。事物的本真总是在戏剧中体现。我们的时代充斥着矛盾，同时也充满了戏剧的素材。纷繁的情绪骚动与世事变迁扰乱着人们的生活，在动荡的年代里，在层出不穷的疑惑间，所有人都靠戏剧来提供这样一份小心谨慎的安全感。在这个时代里说戏剧灭亡没有丝毫的意义。

对于生活，人们要么生在其中，要么活在笔下。当我们生活在当下的时候，很难同时享受到行动与激情所带来的电光石火、精彩瞬间。从当下出发，超脱当下，审视当下，赋予当下普世的含义与永恒的价值，这是艺术的追求。但这个，如果真的能够在生活中被捕捉到，就意味着我们生活中的戏，如若不是今日之戏，定将在明日被搬上舞台。艺术能够预言生活，将生活前置。但是真正发现生活在当下的含义相当困难，即便时至今日，也依然难以真正实现，我们只能期望在未来回看当下的时候会容易得多。当然，一切事物都可成为艺术的素材。艺术家在创作的过程中会在他的作品中反映他所生活的时代，一点都不反映是不可能的。艺术家也是他所生活的时代精神与文明的产物。但如果刻意地剥离时代的印记，也就是说创作者的实际行动与意愿都另有动机，如果这动机不是出于对于艺术的纯粹追求，那么就无论这目的有多么地高尚，这种行为也都不能算是做艺术，这种行为完全是在做政治。当然我也不否认，在民族生活中，艺术也有可能变成政治生活与高尚文明的一种工具，事实上这样的情形也屡见不鲜。我想说的是在一个民族历史文明的长河中，我们需要的，同时也是缺少的是艺术作为历史忠诚的记录者的形式而存在，而不是艺术形象作为不朽的丰碑的存在。可惜人们通常不愿做这样的追求，也并不愿承认艺术作为记录者是必要且合适的。尽管对于艺术充满激情，大多数人也只愿承认艺术因其自身的特质，只能算是想象之物或者虚构之物，只有那些切切实实的材料才是历史事件最毋庸置疑的记录的协助，艺术最多是辅助的形式罢了。面对那些胜于雄辩的事实与尝试，艺术牺牲了自己，放弃了自己，只是作为一个不太合适的工具。艺术的诞生和一切其他事物的自然诞生一样神秘莫测，是不可以刻意生产的东西，是自发产生的，不是意外偶然的，也不是作家们的一时兴起就能完成的。艺术本身是自由自在的，完全不受条条框框的约束，但与此同时，艺术又对自己的生命法则顺从至极。艺术的本质是极致纯粹，是只为自己，是没有旁杂目的的。如果不是这样，那就不能算是艺术。一件号称是艺术的作品如果达不到这个要求，那么就是需要受到谴责的。这不仅仅以那些受到侵犯的事物之名，更是以艺术之名。

有一点我们需要明确，我们的这次会议有着非凡的意义，我们会议所独有的文化特性让我们的会议区别于其他的大会。我们的这次会议事实上是一次顶尖学者们的会面，围绕着一个需要勇气才能做出抉择的明确议题而齐聚一堂。是的，我们充满热情，并将这份无私的热情带入我们的研究中去。带着这份勇气，没有丝毫挑拨离间或者单纯挑衅争论的想法，我想说一说政治与艺术之间的关系。从某种程度上来说，所有人都可以参与到这个讨论中来，并最终得出结论：艺术是一座无私情感的王国，任何投入到艺术中的努力都应该是无私的，理应如此的。

但是我，不应该也不愿意以我个人的一些见解而烦劳各位前来参加并参与讨论的学者。我能够做的是祝愿随着会议的进程，在座各位的研究与讨论能够清晰明确地描绘出戏剧这一艺术门类在当今的情形下相较于其他展示形式的生存状态，以及进一步提高戏剧地位和水准的方法与措施。如果戏剧真的不能亡，那么戏剧也的确有必要受到我们的一些保护。或者说得更准确一些，在面对众多其他演出的激烈竞争之下，戏剧要具有保护自己的能力。这些其他的表演形式，要么已经有了强有力的支撑，有了来自国家或公共机构的丰厚补贴与捐助，像歌剧那样；要么正赶上好的时机，例如体育竞技，你们看现在到处都有新的体育馆破土动工；又或是新的表演形式，因其可以利用技术实现机械复制外加便捷的演出形式，从而赢得巨大的优势。这些新式的演出可以在一天之内多场次的展演，只要是新建场馆都已经配有相应的播放设备，或者根本不需要这些特殊的播放设备，在每家每户只要装上那么一台小小的机器就可以舒适地在家里看戏。

时代在变化，现如今已非往昔。人们不止在重大的节日活动或者宗教庆典的时候才想到各式各样的戏剧，戏剧节目现在已经成为人们日常生活中的一种习惯，一种需求。这是人类社会日趋文明化的必然结果。时至今日，在炎炎夏日或万物复苏的春天，在露天的圆形剧场里，或者在各个城市的广场上，逢年过节，人们都会聚集在事先指定的地点一起观看欣赏精彩绝伦的演出。这场面虽然热闹非凡，但也无法解决目前戏剧在任何一个自居为文明的国家里都会遇到的共同问题，这其实是一个有关文明的问题：剧场晚上都关门。而在座的各位很快就可以知道那些所谓的新型大众化的表演形式能够将这个问题解决。如果这样不好理解的话，那我可以换种说法：盛大的节日、偶尔一场的气势恢宏的表演和那些体育比赛一样吸引很多观众的注意力和目光，他们都有一个共同的特点，那就是他们不是也不可能是每天都有的。

必须满足大众对于看戏的需求，这已经无法忽视了，而目前看来只有电影能够真正地解决。如果你想戏剧也能解决大众的饥渴的话，在我们现在所处的这样一个环境中，那么就需要学习一些国家已经采取的措施，规定每周的某一天晚上固定播放电影，其他时候不允许播放。这样一来，似乎可以将戏剧放在这样一个境地，虽说不是领先的，但却至少是平等的，让观众自由选择看电影还是看戏剧。电影没有占到可以机械生产播放的便宜，首先我们假装在电影里丝毫没有艺术可言，而这正是戏剧为此付出代价的。但是人们真正应该做的是建造新的剧院，就像人们为了体育比赛造体育场馆一样。因为现在的剧院里面人们仍然呼吸着闷人的空气，坐着不舒适的椅子，现在的剧院没有适应新的要求，这不仅是艺术的要求，更是经济与服饰上的要求。

所有的事实都表明，旧的文雅习惯于阻挡新生活的到来。而且人们还保持着这样的印象，那就是剧院是在旧时期里建立起来的，已经是不合时宜的老古董了，所以人们几乎是下意识地远离它。

希望我们这个会议能够商讨出最有效的措施与最实际的方法，能够建设更多的场所，让我们的民众走近戏剧。建筑设计科学的剧场，能够容纳大量的观众，这些观众所付的费用能够满足剧场的支出，而这个费用又和电影院的相差无几，剧院里的座位无分好坏，每一个观众距离舞台的距离都差不多；舞台装配着先进的设备，有最新的技术方式，因为每一次演出都能变成节目，相较于电影更加真实，又能像电影那样迷人和吸引观众。

我们的研究舞台技术的学者们有着广阔的发展空间和设计的可能性，而戏剧节长期以来一直争论不休的问题也看起来的确有讨论的必要。戏剧是为了呈现出剧作家所想象世界的作品，但是我们所面对的问题就是，现在戏剧里面绝大多数内容都是掌握在导演一人手中的，舞台布景或者演员的表演只能算小小的组成部分；又或者所有这些元素由导演组合在一起，导演只负责粘贴这个工作，而不负责赋予这个艺术作品以生命，不负责给予整个作品那不可或缺的精神。艺术作品的生命应该是掌握在艺术自己手中的，而非导演的手中。

艺术作品，应是精华的保留，即使是剧院里临时的一场表演亦是如此。戏剧，能够在众多的表演形式中，将自己在舞台上的时间全部用来走进观众的生活。戏剧是最直接且最深入地汇集、反映了精神价值的形式。戏剧，就是精华。戏剧赋予情感和思想以声音，将激情释放得淋漓尽致，出于艺术的本性，戏剧讨论的永远是那些模糊不清的事物。戏剧始终对于人的行为作出公正的审判。那些行为，看似是剧作家们凭空想象，虚构出来的，却真正是对于我们日常的混乱生活的告诫：自由人性的审判能够极有效地唤起审判者们不断追求更高尚的精神生活的梦想。

在悠久的历史长河中，戏剧是一个看客又是一个参与者。每一个民族都有自己的戏剧，而戏剧又反过来忠实记录着这个民族生活的点点滴滴。戏剧是神圣而极具意义的历史遗产，很多国家，无论大小，都已经意识到要提供专门的场所来保护这样一门艺术。这场所不该是博物馆，不会是静态物品的展示台，因为最有价值的艺术作品还能够而且总是能够展现出顽强的生命活力，而且新生的作品无论所处什么情况都能存活下去。

这次大会上，我们终于第一次听到了这样一个完整的、准确的好消息：欧洲各国均已表态要保证或者尽力保证本国的国家戏剧未来的发展命运。各国公共机构或者政府代表将相互交流有关数据，互惠互利，相互学习经验和教训，帮助还没有建立起相关机构的国家快速成长，得到第一手的有关资料，并和其他国家的剧院建立起合作关系以及商定未来的相互合作的计划，进一步促成国与国之间立法层面的体系建设，让现有的想法雏形成为现实。

我们带着最严肃的态度讨论大会的核心议题，以期解决戏剧领域理论上和实际中的问题。我们的心中总怀着这样一个理想，那就是为戏剧，为这被希腊人认为是最高级最成熟的艺术表现形式注入活力、保驾护航，并希望我们所热爱的戏剧青春永驻。

新戏剧和旧戏剧

现在关于坎帕尼亚那个可怜人的故事应该都已经传开了。那可怜的文盲，真的以为像他的牧师告诉他的那样，他不识字的原因是因为他没有眼镜，所以异想天开地认为如果他有一副眼镜那就能识字了。于是他进了城，找到一家眼镜店，大声招呼道：

“我要一副能识字的眼镜！”

但是哪儿有这样的眼镜能让这个可怜人识字呢？眼镜店老板几乎把半个商店都掏空了，也无法让这个可怜人满意。最后老板也沉不住气了，他问道：

“那个，您，识字吗？”

哎呀，我们这个坎帕尼亚老兄很是惊讶：

“哦，小姐，如果我识字，我还来找你们干什么？”

笑话归笑话，我们从事戏剧写作的那些作者们，无论是喜剧、戏剧或者是悲剧，如果既没有好的想法，也没有深刻的感受，那么多少应该有一些像那个坎帕尼亚老兄的勇气和坦率，至少不至于没东西可以写。

那么也许，对于你们这些作者来说，问题就是，你们真的有要告诉我们的东西吗？也许你们可以凭借着那点勇气和坦诚回答我：“哦，朋友，如果我们真的有想说的，我们还会苦苦地思索，却不得其解吗？”

我其实知道，问这个我也真是多管闲事。

就算是面对不断把旧的剧作拿出来简单修改修改的情况，他们也不会有什么大反应，毕竟并没有明文禁止。但是这种炒冷饭的行为事实上就是一些没有自己眼镜的人跑去借别人的眼镜戴，好像自己就突然间识字了一样。

我们的文化中，向来崇尚对于经典的模仿和装饰，认为比创造发明高尚许多。戏剧文化更是深受荼毒。或者说得更大一点，我们的整个文学，都是竭尽所能地、换着花样地模仿。若要深究，我们几乎只能看见几个真正用自己双眼看世界而不是借助于眼镜的主儿。那些戴着眼镜的人不仅不为自己脸红，反而觉得戴上老掉牙的眼镜是一种荣耀，让他看起来有柏拉图、泰伦提乌斯①或者塞内加的风韵，而后者又仿效着古希腊悲剧和雅典喜剧。但是他们的好处是，至少这些辅助的家伙事儿是我们自己家

① 泰伦提乌斯（前195/185—前159/161）：罗马共和国时期的剧作家。有《婆母》、《两兄弟》、《福尔弥昂》、《安德罗斯女子》等多部诗剧传世。

铺子里挑选的，深深地烙着属于我们的修辞的印记。当这些眼镜从一个人的鼻子上转到另一个人的鼻子上，从一代人的手中传到下一代人的手中，突然有一天，随着浪漫主义的觉醒，有个声音在高喊："兄弟们，我们试着用自己的双眼去看这世界吧！"于是，人们尝试了，可一段时间后，他们发现他们几乎什么都看不见。于是，人们又开始使用起外国的洋镜片。

老生常谈了。若不是现下的情况着实过分，我本不愿意再多说一句。为了要让读者喜欢，不用自己的眼睛，直接用别人的眼镜，所有人看起来都一副模样，一个味道，当下流行什么，读者喜好什么便趋之若鹜。对于那些不屑于且拒绝用他人的眼镜看世界的人，他们固执地用自己的双眼去观察，他的描述，如果简单，会被说成赤裸；如果真实，会被说成庸俗；如果真诚细腻，会被说成阴暗荒谬。仿佛这种对新世界的描述一无是处。

我来说说什么是"一无是处"，最被人诟病的也最被人注意到的便是所谓的"文辞太差"。承认这个缺点真是折磨人，因为所有关于生命场景最初的描述都不是那么优美。那些社会上所谓的有教养的上等人，那些害人精，最喜欢在新事物诞生时给它们扣上这样的帽子。

最近我在读克莱夫·贝尔[①]的一篇讥讽那些有教养的上等人的文章，觉得很快意。他写道："一个具有强烈的天赋才能的人能够打开原本封闭的大门。但是受过教育的人很不乐于接受新的事物，直到新事物已经铺天盖地的那一天才终于醒悟。"有一个具有原创力的天才作为伙伴对于一般人来说不是一个愉快的经验，但至少还能证明你还活着。受过教育的人喜欢的是他们认知范围内的事物在不经意间以一种新的形象出现，给他们预料中的惊喜，不喜欢对他们完全陌生的市侩生活，如果我们对于市侩生活的定位是拒绝老黄瓜刷绿漆或者为他们已有的观念和想法加点装饰的糖粉赋予一点艺术的气息的话。鉴于此，我们的教养相对于市侩来说危害更大。教养的确能够给予人艺术之熏陶，看似很有魅力，实则腐朽不堪，因为那些否认市井生活的当权者可以以教养之由，借着艺术之名，奴役艺术家。总之，我们需要将艺术家以及公众从教养的影响中解放出来。只有那些贬低小资产阶级想法的人可以认同并且理解有些人将艺术作为一个优雅的消遣，我们的解放才是成功的。

先生们，十五世纪的但丁文辞并不优美，他的《神曲》写得也并不华丽，这不仅仅因为他没有用拉丁语而是用方言在写，更

---

① 克莱夫·贝尔（1881—1964）：英国艺术评论家。

是因为《神曲》所描绘的便是市侩本身。那么马基雅维利呢？他写了《君主论》而且他应该对于自己没有在辞藻上更下功夫而心怀愧疚抱憾终身。对于塔索的狂热者们来说阿里奥斯托的《疯狂的罗兰》似乎写得都不好。维柯的《新科学》写得不仅不好，而且还试图用他人没有用过的方式书写，还妄想让那些戴着修辞学眼镜的人们读起来舒心。

现在我们要总结一下这个关于眼睛和眼镜的话题。好的地方是那些戴着眼镜的人（有教养的人都有这样或那样的眼镜，哪怕他们有时自我怀疑甚至否认自己戴着眼镜）都承认在艺术中需要用自己的肉眼去观察。至于眼镜，不论好坏，只要需要就得戴上，因为我们要看世界呀，他们却忘了，戴着眼镜看到的世界不是肉眼看到的，而是眼镜看到的。但他们至少可以各回各家，安心入眠了。

当戏剧世界也开始迎来舶来品，最初的眼镜，无需多说，都是从法国进口的。这个市场并不没有想象的那么国际化。事实上，近些年来法国那些有名望的供货商年年在走下坡路，而今似乎已没什么信誉可言了。曾几何时，法国货几乎人手一副，好的眼镜，比如萨都[①]牌的，就算一个人没有任何想法，只要持续佩

① 克多连恩·萨都（1831—1908）：法国剧作家。

戴，似乎就能看到让人惊异的效果。但说实话，并没有什么好惊异的。对于近视患者，想要获得光洁明亮的视野，最快速也是最简易的，是贝克[1]家的货，这也是巴黎货中的翘楚。还有一款，因其出众的想象力和理想化而广为抢购的是德·库热尔[2]。不远万里来自挪威的眼镜，因为其浓厚的理想主义和社会主义先是占领了德国市场，后又拿下了法国市场。这股潮流流行甚久，几乎没有什么人愿意把鼻子上的眼镜取下。后来，乘着这股潮流，巴代伊[3]和伯恩斯泰恩[4]单眼镜片流行了起来，他们的产品可以说席卷了全球。最后，尽管生产者没有丝毫的想法也没有任何过失，人们又到处在找寻皮兰德娄牌的眼镜了，说得直白点，这个牌子的眼镜可以让这个颠倒的世界倾斜两倍甚至三倍。现在还有很多人需要他们的眼镜，为了能让自己出名，就算损伤了自己的视力也在所不惜。一方面可以武装自己，另一方面可以更好地理解中产阶级的坦率，拥有一副物美价廉的眼镜，既可以娱乐又可以安慰，一举两得。一只眼睛看可笑之事，另一只眼镜去感受泪

---

① 贝克（1837—1899）：法国剧作家，生于巴黎。早期写歌剧脚本，后改写话剧剧本。

② 德·库热尔（1854—1928）：法国剧作家。

③ 巴代伊（1897—1962）：法国哲学家，被视为解构主义、后结构主义、后现代主义先驱。

④ 伯恩斯泰恩（1876—1953）：法国剧作家。

水。任何一个觉得自己爱好戏剧的理发师都可以来一副，保准可以在最短的时间得个好名声还赚个痛快。

我应该跟你们谈新戏剧和旧戏剧的，但我一直在说戴眼镜和不戴眼镜，我其实想表达的是自己原创和复制别人的作品。我这么做是有原因的。我不想说复制别人作品这种行为的坏话，虽然的确提不上台面，但的确这种现象广泛存在于旧戏剧内。就算是小小捉弄一下那些自居为专家的文学评论工作者，我也不想说他们的坏话，你们知道为什么吗？对于他们来说，关于戏剧的论争似乎都是不值得一提的，在他们看来，或许只有一位德高望重的诗人用极其文雅的辞藻和讲究的表达方式写出的剧目才勉强值得关注。像这样的关于戏剧的文学评论，自然就会将审视的目光聚焦在台词上，在场景的描绘上，看是否得体，看是否很好地服务了剧作家的构思和精心设计的人物形象。评论戏剧的人，都将戏剧认为是一种艺术品，只有这样才配评论家们的几句评语。好，特别好，但是我们在这里稍稍停一下，好好想想：面对这样或那样的作品，对于在文学方面所引起的共鸣只字不提，反倒关注表现手法上的精湛，把戏剧当成是一小撮似乎掌握了舞台表现手法的人的“手艺”或者是“技艺”。舞台，戏剧舞台，变成了只为社会上层人欣赏的事物，每个剧场外面都挂了个“无业游民禁止入内”的牌子。这样的做法无可厚非，我没有任何不敬的意思。但是我们很多最伟大和最棒的喜剧作品又完完全全来自原有的冲动，将这种冲动幻化成戏剧，那这又如何解释呢？

在英国的莎士比亚时代，在西班牙的洛卜·德·维加和德·拉·巴尔卡①时期，还有法国的莫里哀时期，戏剧曾是只属于少数专业人士的手艺，是资质平庸的戏剧演员的专属舞台。他们把同一部剧上演五十遍，不断重复老剧目不带一点改变，剧作家自己的个性没有丝毫体现，很多喜剧都是在一天内就写好，就为了晚上能有的演。这些东西与垃圾无异，没有一丝一毫艺术评论和有教养的人所要求的艺术严谨性，但人生如梦，我只是举个例子，一切都在时间这个大熔炉里面失去踪影，那么然后呢？

然后我发现了，对于任何一个艺术论争、任何一个评论态度、任何文艺理论，不管是系统看来还是抽象看来，主要的问题或者次要的细枝末节，不论我们讨论的是道德上的还是礼法上的或者只是纯粹美学上的，人们对于原创的作品都是保守的、恐惧的甚至嗤之以鼻的。似乎没有原创的作品，艺术王国就可以保持迷人的高贵和四海归一的纯粹。这正是我们所处在的当下。

---

① 德·拉·巴尔卡（1600—1681）：西班牙军事家、作家、诗人、戏剧家，西班牙文学黄金时期的重要人物，代表作品为剧作《人生如梦》。

我们现在已经稍稍了解了一下新、旧戏剧中原创作品和复制作品冲突，以及我对于一些戏剧论争的反对态度。现在如果你们允许，我想把我对于这个事情的理解和你们交流交流。

我们会问：

有没有可能，真正认识戏剧的艺术价值，跳脱出现有的表达词汇，去理性看待戏剧的“新”，并将这“新意”理解为重新审视和构建我们社会中政治、科学、哲学、艺术现有的知识价值的特别关注与动因？符合这个精神的喜剧和悲剧都算作是新戏剧，那么同样以这个标准作筛，我们也可以鉴别出艺术作品是否具有活力，很自然地，没有体现新观念的戏剧就如糟糠一样被筛了下来？这个还有待继续观察。那么有没有可能我们的评论带有更多的赞同来看待作者的创作，而不是跟踪它、解释它，好像少年一般急切地希望找到对于事物的标准的看法，对于问题的解答，而不关注作品中所传达出来的新颖和生命力？或许我们寄希望于评论能够更好地解释一些问题，或许评论也乐于关注和解答，剖析与解决问题。但这实际上是作家该思考的而不是评论家的工作。

大家都看见了，我们的问题问错了地方。或者现在的错位似乎已经无药可解。如果要解决，那就只能在更深的层次上去找寻形式和美学表现的不足。然后人们就都能发现了艺术中的“新颖”无非是一个原创作品所必须具备的多种特质中的一种。“新颖”本身不值得花费心思和精力去进行外在和内在的双重研究。对于开放的思想和具有创造精神的人来说，新颖就在那里，不需要额外的创造，他们只是找到了而已。这是非常重要的。新颖就在那里，人们面对着它，根本都没有特别意识到它的存在，不用费劲就解决了之前的困境。因为我们所遇到的问题与时间并没有关系，或许说随着时间的推移，自有创造性的灵魂去将它们解决。

如果这些人真的具有创造性，那么问题就在于它们自己，而不是一个模糊的或者不确定的因素导致的。具有创造力的人，也会有这样那样的不确定困扰着自己，这是与生俱来的，浑然天成的。但是他们能够找到力量将他们从困惑和痛苦中解救出来。他们所遇到的问题，不是评论所提出的，而是以艺术的方式展现出来的。这些困惑，无法定义，无法用单纯的理解来将它冷却凝结解决，因为这是冰冷的，它们需要艺术的形式来呈现、来说明它们长久蓬勃的生命力。

那么这样一个饱含我们的精神又不受价值和理性限制的世界到底是什么呢?

现在，请你们想想：正当时的人可以畅所欲言他的感觉或者价值观，这种见解并没有什么特殊之处，只是当时当地某个人的想法罢了，但只要这种想法是真实发自内心的，似乎又是具有普遍性的，同时代的每个人或多或少都可以找到一些认同感。言者和听者能够找到共鸣。我们有两种人，一种是生活在当下，真正感受生活的人，另一种是活在自己的世界中，宣称自己的精神世界是与现实脱离的。前者是淡薄的，只有后者能够创造出共鸣。他们为自己也为大家创造了一个全新的世界，让生命变得生动丰满起来，他们的灵魂是完整的，亦是完全展现在世人面前的。他们是诗人，是先行者，是创造家。他们可以赋予当世一直普遍的价值，因为他们不执著于某一个细节，他们能够将自己对于生命朴素的感受、有关于概念的思考、所有脑中的图像整合在一个自主和完整的有机系统里面，由这样一个系统在随心地创造自己想要的世界。这样的方式，是真正的为灵魂服务，为创造服务。这个有机的系统里有创造者自己也有普罗大众，创造者创造旁人也不为了统治或者奴役，而是为了使其具有系统性。因此基督、诗人、创造家，都说自己是人类的儿子，他们给予世人一种普世的价值。

对于创造者来说，时间不会成为问题，但对于并不具有创造精神而又乐于教化的凡夫俗子来说，便是无法逾越的天堑。时间，能够淘汰平庸，成就创造。

事实上，每一种创造行为，每一个版本的生活，每一次灵魂的自白都伴随着思想上的疑惑、不解和逻辑上的矛盾。而这些疑惑、不解和矛盾越是突出越是显著，创造的体系便愈加完整愈加富有生命力。因为对于神秘的探索是与生俱来的，用新的眼光来观察，用质朴的语言的描述、重新整合生活的模样是对于生活中的神秘的一种尊重。构成意味着从普遍认知的虚无中重新创造。渐渐地，直觉或者惊恐所带来的不安和焦虑被慢慢抚慰平息，人类面对未知所产生的厌恶感也消失了，这其实要归功于人类睡眠这一生理机能。但是首先，灵魂的爆发会使得疑惑、问题浮出水面，种种矛盾从原先的角落走到中央，否则它们将完全没有意义。这时候想用一般的原则来解释、来应对明显力不从心，问题看上去是那么阴郁难缠，而我们的灵魂只能勉强应战。那所谓的“逻辑”，只能丢盔弃甲，从生活中落荒而逃了。

新事物的意义总是难懂的，要怪只能怪它的表达形式。艺术作品中的新意更是如此。但是宗教或者哲学中的新观点则享受着完全不同的待遇。

我们在此举一个例子来解释一下，比如一个新观点认为信念是一切的基础和必需，那么这个新观点立刻就会接受到信念这一概念是否被普遍接受的质疑，或者立刻就剥夺了知识阶层喜好讨论喜好质疑的激情和冲动。

如果我们要谈上层建筑中哲学范畴里面的问题，前提是哲学的技术语言和常规语言的差别已被阐明，我们很容易就会发现有些想法被连起来了，来自新生事物的恼人又来了。但是哲学里的新意又是相对简单而有限的，所以评估起来就方便得多，没什么模棱两可，在术语上的表达也清晰明了，这也使得人类永远易于躁动的灵魂得到了片刻的安宁。而我所谈的，是只要让人想起了就感觉如坐针毡，甚至可以抛弃自身想法的新意。因为在人类的思想深处，认为从现实生活中抽象出来的都可以放在烛光下被审视、被剖析、被指摘和被解决。

但一部新的戏剧作品中所呈现的问题不应被如此对待。戏剧中的问题应该保持而且将一直保持它被设定的样子，因为那是生命的问题。戏剧中的问题是不可还原的，以它被表达的形式而展现，是一种代表。请你们想想哈姆雷特的那句“生存还是毁灭”，你们尽可以把这句台词从哈姆雷特的嘴里拿下，将他的生命激情一扫而光，把他的生命哲学拿在手中细细把玩，这些你们只要喜欢都可以做。但是如果你们能够让哈姆雷特自己说出那句对于生存还是毁灭的疑问，那就是一句带有生命力的表达，是哈姆雷特一生经历和遭遇的最终凝结，对于他这个个体来说是那个时候那个地点必然要爆发出来的情感，是使得这个生命得以完整的那点睛之笔。这就是艺术。所有的疑惑问题都存在，都有，每个人的生活中都会遇到，每个人也都以这样的方式活着和表达着。

人们之所以能够如此活着是因为他们的生命形式因为被表达所以而完整。

最完美的生命形式是从生命内部剥离出来的，是鲜活的、具体的，是流畅的、柔软的，从时间和空间的维度都永葆着青春，这样的形式一直从生命的内容汲取着养分，从而永不褪色。

随着时光的飞逝，尽管人性中、生命中的一些问题仍然没有被解决，但却因此而产生出了更有力量的美感。

从意义和价值的层面上来说，生命中遇到的问题都可以使得人性更加完整，更加平和，因为有这些疑惑，人们可以更加自然地接受生命里的一些神秘不可解的事情。未知会使人沮丧，但知晓了未知也是生活，那么人们就会对未知予以敬意。这已不是什么新鲜的理论，那么它就因此而陈旧了吗？并没有。那它如何才会变得陈旧，只有当它被用一种完美的形式表现出来吗？当它明明已经存在，却又披上“创造”的外衣来阐释它已经存在的存在的理由。它不再新鲜，也不是陈旧，没有晦涩，也没有模糊，它最终以“必须”的面目为人接受，这才是属于它的归宿。

或许我们可以再读一读伏尔泰胸中那燃烧着的怒火，多少有些教育意义，我这里只是举个例子。我们当代的一位享有盛誉的米开朗基罗作品的评论家，曾经特地以《圣殇》为例来说明米开朗基罗的作品缺乏逻辑和充满随意。他说圣殇中圣母是个十七八岁的小姑娘，腿上躺着的儿子却是个三十多岁的成年男子。现在我们可以了解，圣母之伟大可以让其永葆青春少女之容颜，而她膝上的儿子，人类的救世主已经冰冷的双肩承担着世间的所有痛苦。但我们的这位评论家非强说有理，要求米开朗基罗要遵守最基本的逻辑，改正他这显而易见的错误。这位评论家所为无异于那些试图将哈姆雷特从他与自身的对话和矛盾中拉出来的人。

那些不入流的人已被历史的洪流淹没，而我在这里提出米开朗基罗和哈姆雷特的例子无非是想说这样一个道理：艺术的价值是需要美学的外在体现的，而且这美学上的表现形式代表着生命力。

尽管我们已将哲学范畴的问题和生命里的问题作了区分，前者属于上层建筑而后者更在乎艺术形式的表达和形式上的创新，但今天我们仍然看见很多评论者对于艺术作品的内里穷追不舍，而对于作品所展现精神论争视而不见。同时忽略矛盾是永恒存在的本质，我们的这些评论家朋友总是试图在艺术作品里寻找逻辑，只讲戏剧的情节作为艺术作品唯一的评判标准。他们对我以及对我的作品也是这样品头论足的。而我想说的是，就戏剧而言，情节只是个大背景，是一个创作活动的出发点，对于真正具有创造精神的戏剧（如果这是这部剧的追求和定位）来说，情节是最不可能也最不应该成为关注的重点。从另一个角度来说，情节只是一个框架，一副骨骼，外面是被所有的表达方式包裹着的，所以也无法被正确地予以评价。但是令人悲伤的事情再次出现，人们总是习惯用固有的眼镜来观察一个事物，尤其是他们面对着一个从形式到内涵都是全新的事物的时候。

前文中我已经提到，对于一个全新的表达，我们无需认它是模糊的、晦涩的、随意的，或者用通俗的语言说它“写得太差”。未能形成这样的认知其实质根源还是在未能理解表达创造性的生命力所在。

对于用自己的双眼来观察来创造的人来说，不被理解甚至被放置在争论的中心都是很常见的，而对于那些只会戴着眼镜模仿别人作品的人来说他们只能去模仿那被认为是晦涩的、模糊的以及没有逻辑性的“写得很糟”的作品，费劲心力地剔除“一些缺点”，等待着有朝一日这些新的表达方式能够进入大众的视野成为新宠，标榜着这是自己独树一帜的特点。

你们只要想想哥尔多尼，即使是在今天，他的作品仍会被我们认为过于简单和直接就可以略见一二了。哥尔多尼笔下的人物是那么坦率直接，代表的是剧作家实际生活中的人物最真实的一面。我们不仅认识了哥尔多尼，也认识了他所生活的那个时代。但是曾经有那么多人和他说“看看你写的什么破烂玩意儿”，所有人都这么跟他说，而且都向他背过身去。他们曾有机会去鼓励哥尔多尼，“嘿，你说得有道理，那些指责你的人什么都不懂，你还是知道怎么写些好东西的。”

但是这样的现象也是自然的，因为从精神到实质性的建设总是需要一个漫长的过程，而且一旦形成一个结果，精神总是需要休息一段时间。在接受一种原创的表述后，思维会在相当一段时间内无法真正地创造，最多只能找出一些生活中的零零碎碎来印证这个表述的正确性和独特性。这期间思维像是背上了一个包袱，拒绝接受其他的新的原创的表达了。我之前说过，精神的创造行为目的在于创建一个新的为人接受或者被表达出来的世界，也许每个人对于这个世界的理解不同，但毋庸置疑这个新的世界有其独有的特征。我们以信件为例，某一个时间段就算是无名氏的信也会透露出时代的气息，我们更不用去管是莎士比亚写的还是但丁写的，我们总能一眼就看出这上面的表达所带有的特点，这或许是我们的父辈的表达，或许是游牧民族的，又或者是来自教会的。还有的信直接就表达得很清晰，或是文绉绉又或对当下鞭辟入里。好吧，这些都是写得好的，那为何哥尔多尼写得就糟糕了呢？就因为哥尔多尼用一种新的表达方式来展现当下生活的另一副模样，没有迎合那些所谓的文人和评论家的口味，入不了他们的法眼，没有遵循既定的美学品味和规律，带有了一点自身的主观意愿和发挥就被如此唾弃？我的上帝呀，请你给予哥尔多尼最最基本的尊重和礼貌吧。恰巧，这正是哥尔多尼笔下的刻薄。

我认为每一个创作者都能感受到同时代人对其所怀有的痛苦的秘密，这秘密恰是来源于对于创作者无可避免发自天性的表达糟糕的羞愧和耻辱。若是这样，哥尔多尼我认为首当其冲而且当之无愧。对于哥尔多尼同时代的人来说，哥尔多尼在艺术喜剧中的表达是寡淡但又诡辩的，糟糕得让人垂头丧气，丝毫没有当时流行的整齐的文风。

是的，我突然提到了艺术喜剧，但如果艺术喜剧里没有公共生活的精髓，没有普遍关注的话题，而只是一些传统的老掉牙的句子或者口号，一些看似神圣的对白和忏悔，那还是像标签一样无趣，无法扛起让灵感即兴去发挥的大旗。戏剧舞台上的演员已经习惯说说俏皮话，动作浮夸表情虚伪的违心表演，人们走进剧院也就是等着看着这些活宝取乐，因此哥尔多尼的寡淡是发自内心的，他的诡辩是自然流露的，这一切都深深打上了哥尔多尼的记号，而且慢慢、慢慢地，这种始终如一的特点渐渐将人们的内心融化，取代了僵硬的面具，渗入到意识中去，诞生了新的戏剧，并将所有积蓄已久的力量释放出来。

那为什么是哥尔多尼呢？除了他天生注定的创新者的命运外，他并无能力来创造绝对的价值，有的人对其顶礼膜拜，亲切地称呼他为“好的老哥尔多尼”，也有人认为其一文不值，更别提什么革新戏剧语言，在艺术之永恒之国留下自己的一笔了。

我认为这是因为所有的争论还是在抽象和系统的评价标准里进行的。

对于每一种独创的表达，因为它的独特和无先例，所以不能用简单的新的或旧的这样的词语来定义，因为这种表达就是它自己，它现在是这样，以后还会是这样，而且一直都会是这样。这些表达的独特性来源于以下几个方面，首先是它难以被理解，其次这些表达都伴随着甚至令人恐惧的孤独，不仅这些表达方式孤独，它们所表达的事物也同样是孤独的，因为它们“就是那样的”。那些“一直是那样的”事物几乎是难以被理解和认识的，如若我们想要理解它们，不能强求它们改变它们的模样，而只能将我们自己当作它们，用它们的表达方式来看待它们。

了解但丁的人才能理解但丁的事。但丁，他是那么独特，那么有自己的风格，他就是一种特性。我们需要竭尽所能地从自我中走出来，成为但丁，用但丁的眼睛去看，用但丁的脑袋去思考。但丁在他神圣的孤独中坚守着，等待着，不随着时光的改变而改变，而往后的时代都回响着但丁的声音。

还有这样的情况，但丁说的东西也是具有永恒性的，但丁所述之物亦是这世间大地的精髓。但丁的表述是一种自然本质，生生不息并且荡漾于天地之间，无法被磨灭也无法被忽略。

而对于一些创作的形式有些许繁琐，基于自身对于生命的理解的表达，抑或自由抑或显示，就很容易被磨灭或者无法被理解，但它们代表着精神的一种态度。

这种态度，从它的表达形式中被抽离出来，可以升华甚至可以在某一个时刻，成为历史，而精神上的一些些动摇都可以对于现有的格局造成颠覆。我们对于精神意识的任何动向都需要密切关注。比如但丁所在的中世纪，当时的社会态度就将其忽略；哥尔多尼的时代也是一样，旁人对其无法理解。但是面对这样的不健全的世界，精神意识上的动向依然会存在而且能够生存，因为它有内生的激情与动力。而且当世界逐渐完备，精神意识也丝毫没有松懈，因为他们的关注不在于现世，而在于对于永恒和真理的无限探索，他们会有疑问，但直面疑问并试图解释其间存在的关系。中世纪的但丁，他的精神世界已是永恒，他不能再被升华，他也无法再被超越，他存在于每一个时空。每一个时空，都接收到但丁的精神并且感知到他的存在，但却不可避免地将但丁精神包裹上时代精神的态度和表达。但是，但丁就是但丁，他的思想必须以一种纯净的眼光来看，不能带有一丝杂质，这是但丁与哥尔多尼的相同点。

哥尔多尼的态度是轻度讽刺的，他的道德意识已经觉醒，但是在反映那些状况外的世界时表达上保持着不变，这是他的讽刺。他的这种讽刺有效果但又不完全与他所生活的当下脱离，因此他的讽刺显得苦口婆心，看上去肤浅表面，但实际上直刺心脏。

哥尔多尼创造性表达的纯洁与透明让人不自觉就会想起他所生活的时代，想到他所代表的精神态度，想到他与生俱来的诙谐和他所见和所感的生命的有机。这所有的一切都因哥尔多尼的表达得以保存并得到永生，带着清新和喜悦的表达和创造的幸福与愉悦。哥尔多尼的模式是一种代表的品味，流畅、闪耀、清澈、澄明、具有思想和自主性又确实是有趣好玩儿的。这种风格的标识，不仅仅是对白的风格，都是极致的，这在模棱两可似像非像的作品中是完全不会出现的。所有的行为，从构思到加工再到最终的表现，都在你强我弱的相互制衡中达到最终的平衡和完美。这种完美，是人性中最可爱也是最难得的一种美德，哥尔多尼和他的作品是完美的，这一点无人能及，都只能望其项背。

当哥尔多尼这种完全新鲜的生命的作品逃脱了犹如木乃伊般腐朽的意大利戏剧界，作品的生命力便在瞬间迸发出来，充满了活动力。大家都说这是一次革命一次革新，这是新的戏剧。那么今天，当我们再谈起哥尔多尼的戏剧的时候，难道就因为它们突破的是曾经的枷锁曾经的桎梏，就说他的戏剧已经是旧的戏剧了吗？

在艺术中，曾经是新的戏剧那就一直是新的戏剧。哥尔多尼有敏锐、鲜活的眼光，能够发现新意并创造新意。

我们今天，就算是个戏剧界的新星，但如果他的作品只是抄袭和模仿毫无创造，那最多只是个戴着眼镜追随潮流假装关注到了当下时代的某些问题，想用戏剧来进行表达和强调价值而已。只要是我说的戴着眼镜，模仿而来的戏剧就都是陈旧的戏剧。

那么关于新戏剧和老戏剧就很清楚了，关键在于是用自己的双眼在观察、创作还是戴着眼镜只会模仿抄袭。

一只猴子夸耀地站在一只狐狸面前。

“你说说，有哪一个动物灵巧得我不能模仿！”

狐狸反问道：

“那你倒说说，有哪一个动物下贱得想去模仿你。”

这是莱辛的一则寓言，用来讽刺当时的一群德国诗人对于巴洛克式的装腔作势和矫揉造作欲罢不能的狂热。

在这则寓言的最后，是莱辛写的，不是我，仿佛又回到了现实，莱辛先生提醒的是那群十八世纪的德国诗人而不是我们祖国和我同时代的戏剧工作者们，这样一个实在刻薄的答案。

“我们国家的那些作家呗，还需要我跟你说得再清楚一些吗？”

意大利的幽默大师

我并非本意想要在拉丁人中追寻幽默主义的痕迹，虽然他们有很多名垂青史的卓越作品，而其中意大利人的表现尤其突出。我只是希望在我的这部阐述有关幽默的作品中，用令人信服的方式，通过一些预想、一些思考，随意的展示或者总结，来表达幽默是一种极具现代意义的现象，而且近乎是安格鲁-日耳曼人的一种特权，正如它们展示给我的那样。

有关于这个问题或随意或总结性的讨论都让我时刻保持对于我们的文学中某些方面的关注和其中不同的情形和条件，也许思考这些问题的时候我不像之前的灵光敏捷，甚至有些思绪会让我稍微地踌躇。但我从未从最主要的话题上转移过目光，并用最细致的理解和分析来审度。我围绕着核心的问题，反反复复，兜兜转转，每一次都有新的感悟，每一次都会将理解提升一个层次。

有些人认为自己找到了我的论述与现在很多意大利作家作品中被使用的例子的矛盾之处。对于那些所谓的例子，我从未从中发现真正的幽默主义的痕迹，我也记得并坚持，关于幽默主义我有两种不同的方式来定义和诠释，这也是我认为很多人未能真正理解幽默这个问题的症结所在：如果我们谈论的是广义的幽默，那么幽默的效果是否应该更广泛一些，而非只限于意大利本土的受众？又或我们谈论的是狭义的幽默，我认为正确表达幽默的方式须是具备一些明显特征的。我曾经说过，在广义理解范畴中的幽默可以在古今中外的文学中找到大量的实例，而狭义理解里的幽默，于我个人而言，无论古代或现代，无论是哪个国家，都可以找到典范，但数量上要少很多。很多时候都是某些语句惊人卓越的表达，民族和民族间并没有太大的差别，各个时代也都平分秋色，说到底，这是一种发自本心的特殊的表达，是一种内心最深处的心理活动，古代圣哲如苏格拉底、现代著名诗人如曼佐尼，在起心动念上并无差别。

但是对待拙劣的把戏，无论是广义还是狭义，都不能够将其定义为幽默，比之为文学更是不允许。这些博人眼球的把戏之所以会被人提起，只是为了证明自家的作品里是存在幽默主义的强词夺理。但是面对外国作品里，面对因为不同语言所带来的特殊的气质，就将某种对别人来说司空见惯而我们本土作品中少见的表达方式，简单认为是一种“洋味儿”也是不对的。如果我说的这些都能做到，那么我们将是唯一能够真正地在本土文学作品中找到幽默主义，并且能够看到其他国家的作品和创作者们的幽默主义，比如英国的幽默大师乔叟[①]，无论是从广义上看还是狭义上看，他都可以被认为是一个标杆。同样地，我们的薄伽丘和一些其他的作家也可以与之媲美。

所以我说，根本没什么矛盾和不能理解的地方。真正的矛盾倒是存在于那些口口声声说幽默是一种斯堪的纳维亚人或者日耳曼人的特权的那些人。这些人常常将拉伯雷和塞万提斯挂在嘴边，用来捍卫自己观点，这两人一个是法国人，一个是西班牙人。有时他们也会提到蒙田[②]。他们将拉伯雷视为珍宝，是因为没有看到自家的普尔奇[③]、佛朗哥[④]和贝尔尼[⑤]。他们看重蒙田，可蒙田代表着一帮温和的怀疑论者，他们不热衷于斗争，总是面带微笑，情绪总是平和，他们的心中没有理想国要去捍卫，也没有什么人性上的美德要追寻。忍受一切的怀疑论者是没有任何信

---

① 乔叟（1343—1400）：英国著名诗人，代表作《坎特伯雷故事集》、《公爵夫人之书》等。

② 蒙田（1533—1592）：法国文艺复兴后期、十六世纪人文主义思想家。代表作《蒙田随笔全集》、《蒙田意大利之旅》。

③ 普尔奇（1432—1484）：意大利著名诗人，代表作《莫甘特》。

④ 佛朗哥（1491—1544）：意大利文艺复兴时期诗人，代表作《波尔多斯纪》。

⑤ 贝尔尼（1497—1535）：意大利诗人、作家和剧作家，代表作《重写的热恋的罗兰》。

仰的，他们没有激情，也没有抱负，他们用无条件的容忍来为懒惰开脱，恰恰展示了他们看起来风平浪静的生命实际上是那么贫瘠，充满了自私和民族的堕落；自由于他们，不是改变现状的理想而是消极接受农奴制并向其臣服。他们还没有意识到，正是这样的一种思想否定了很多意大利作家的幽默主义，而且还断送了更多的意大利作家拥有幽默意识的权利。这些都“归功”于蒙田的幽默。

你们可以看见，同一种力量，高下立显。

现实中，我们常常看见，有坚定的信仰、自己的理想、对于某些事物的坚持和抱负并能够为之而奋斗，与一个可以被称之为幽默的人所需要的条件相差甚远，有时甚至是完全对立的。但是如果是一个有信仰、有理想、有抱负、并能够用自己的方式捍卫的幽默大师，那就再好不过了。任何的理想，如果只是个人的狭隘的理想，都不会对幽默主义产生帮助。但如果因为其他原因而产生的理想，和其他构成精神的良好品质一样，就能正确地发光发热。换言之，幽默主义并不需要一个道德的出口，有它无它并无差别。决定幽默的根本因素存在于创作者的个性和气质，自然地，取决于创作者是否具有这样的特质，幽默择其良者，扩大其效，结出的果，差别在偏酸还是偏苦，偏向悲或者偏向喜，是辛辣的讽刺文学还是无足轻重的玩笑等等。

诗人的理想和现实的对比在一些人的口中就是个游戏，如果诗人的理想被现实无情地攻击和嘲笑，他们会说这是叛逆、这是讽刺。喜剧和滑稽剧，嘲讽和讽刺还有荒诞剧，如果表现得稍微愤怒或者与现实有所反差，那就引来无数嘲笑。只有当诗人所表达的现实不被现实掌掴，字里行间也没有愤怒的情绪，处处充满了心甘情愿的妥协和令人心痛的放任，这才是他们认为的幽默。这种幽默只有一种模样，一种单一的、寡淡的、肤浅的模样。当然，很多时候诗人本身的精神也是一个重要的因素。面对理想和现实的反差，有的诗人愤怒，有的诗人微笑，有的诗人妥协。但是面对现实的妥协说明了对自己感到不确信，这种灵魂深处的不确信所带来的局限能被幽默主义所容忍吗？答案当然是否定的。这种局限只能说是幽默这种特殊的心理活动的结果，而永远不可能成为成就幽默的主因。

好了，我们不揪着理想、抱负、信仰这些好品质不放了，我想说的是，无论是怀疑、忍受还是现实，这些从来都有，而且是具备形成幽默的潜力的。但是问题在于当下所盛行的修辞方式，这种修辞上的绝对统治和权威对于词汇表达和谋篇布局都用条条框框限定得死死的，文学作品如冰冷的机器般机械地构成，精神上那些主观生动的感受完全找不到丝毫喘息的空间。在这样的背景下，我之前提到过的那个游戏，叛逆的诗人用自己的智慧将自己精神上的主观感受与当下现实的格格不入呐喊出来，将我们带进了浪漫主义思潮，幽默在这股思潮中自由徜徉，伦巴第[1]是意大利浪漫主义思潮的主战场。但是这所谓的浪漫主义是自由意志最近一次高举盾牌为自己反抗的轰动运动。在很多时期，在文学历史上的其他时刻，几乎都有这样的叛逆者存在。他们是孤独又反叛的灵魂，在学校也不守规矩，这样的人总在人们口口相传的方言小曲中被消遣。

要从这些孤独的叛逆的创作者中找寻有幽默感的人，如果用广义的幽默的定义，并非难事，从我们文学的开山鼻祖，托斯卡纳地区的文学家开始算起，这个数字还不小；但如果要从狭义的幽默上来看，那么真正能算得上幽默大师的少之又少，但不仅是我们国家的少，其他国家的也不比我们多，他们的数量和我们相当，那些能够坚持幽默又始终如一的，更是屈指可数了。我们的这些幽默大师，他们的价值和气质，在多数情况下没有被我们理解和赞扬，没有被好好品味和体会。这里的主要原因存在于他们独特但又单薄的个人魅力为众多文学历史时期当时的主流修辞所

① 伦巴第大区：位于意大利北部，与瑞士相邻，是意大利重要经济区。

诟病和指责，主流的修辞本身毫无美学价值可言，却将美的事物当作是怪胎，是错误，是缺陷。我就简单举个例子吧，如果《项狄传》是由一位意大利作家用意大利语写成，我们的文学历史会给出如何的评价呢？反之，如果帕塞罗尼[①]是英国人然后用英语写了《西塞罗》，怕是多么伟大的一部幽默作品啊。

几年前，我和一位很有学问的英国先生就此问题交流过，他对于意大利文学非常了解，如数家珍。

“难道马基雅维利[②]也不算?”他不可置信地问我，“难道你们的评论家真的连马基雅维利的幽默也没看出来？难道他的《贝法戈尔》里的幽默也没被理解?”

然后我思考了马基雅维利，我们的这位大师袒露的伟大，我个人是从来不会从修辞的衣橱中找衣服去把它披上的，我认为马基雅维利风格上对人性最深入的剖析是灵魂分析所能达到的极点。但是能够了解事物真谛的人原本就很少，所谓的逻辑也是基于已经发生的事情的倒推，任何睿智和细致的分析面对混乱的假设难以自保，理想的组织系统总会被陈旧的经验和论调批驳得支

① 帕塞罗尼（1713—1803）：意大利诗人。

② 马基雅维利（1469—1527）：意大利政治思想家和历史学家，同时也创作戏剧和小说。其中唯一一部著名的小说是《贝法戈尔》。

离破碎；形式上的突破总会被嘲笑。而对于马基雅维利，能理解到他所观察到的对于矛盾和生活中相异之处的思考的人少之又少。我又想到，对大多数人来说，幽默似乎只存在于细小的事物里。正如德·安科纳①所说：“如何评判幽默，就是一眼看去，满眼粗俗。”而马基雅维利的作品中，也大量出现粗俗的语言，他曾写道：“我不惜将自己置身于这些虱子和霉菌中，毫不掩饰命运的恶意，用我的捶胸顿足让其无地自容。”尽管如此，他也曾写过：

> 但有时我还是会微笑或者高歌。
> 如此，除此之外
> 我无法抒发那让人不安的痛苦。②

我还想到德·桑提斯③关于马基雅维利的一段很精准的表述：“马基雅维利的包容是基于理解的，而不是怀疑论者或者笨

---

① 德·安科纳（1835—1914）：意大利作家、文学评论家、民俗研究者、政治家。

② 马基雅维利写给弗朗西斯科·维多利的《信》第四篇。

③ 德·桑提斯（1817—1883）：意大利作家、文学评论家、政治家、哲学家。曾任意大利教育部长。

蛋傻瓜的那种简单的忍受。马基雅维利的包容是科学家的包容，对于他所研究和分析的对象，他毫无憎恶之心，而是出于热爱并用一种俯视的态度用高等人的姿态说：'我容忍，并不是因为我认同你的做法，而是因为我理解你。'"我思索了所有的元素和可能性，并将其整理，这正是我们很多外国文学幽默大师选择的道路（主要是英国人和德国人）。上帝啊，请原谅我，面对这些大师所创造的奇迹，我不知该哭还是该笑。

这些外国文学中的幽默大师，我们常常谈论起的就是那么五六个，但相较之下，也足以对我们国家的文学做这样一个评价：艺术作品是天才想象的一个玩笑，是想象力转瞬即逝的微笑，我们的文学并非基于事物本身，而是对于回忆学院派的欢愉和博学的快乐。我们的文学缺少对于家庭、对于自然和对于祖国深刻的思索和感受，好像古罗马时期的佩尔索斯①和乔维纳莱②，现代的我就不点名了，只要相信我们文学中长久以来对于经典的推崇，根植于血液里的模仿精神，过于严苛的选词和民众不喜赞美的态度都使得艺术里幽默自由的态度、形式被扼杀。除此之外，我们还面对着其他的阻碍，比如罗马教廷，那些内部的斗争、所

① 佩尔索斯（34—62）：古罗马讽刺诗人。
② 乔维纳莱（50—127）：古罗马诗人。

谓外来物的入侵，宗教的傲慢以及不同派系之著述都使得政治、宗教和科学之自由无法发育成长。这对我们的过去损伤极大，我们乐于卖弄学识，热爱夸夸其谈，崇尚脸谱化的表达和庄严肃穆，无法接受系统的分析，对于新鲜事物轻率地拒绝，抗拒一切突破的尝试，对音节和对偶念念不忘，这都使我们的文学充斥着含糊其辞和装腔作势。我们国家的知识体系分层明显，没有一个国民标准上的统一，对外来事物我们始终是坚持的，但效果不佳。我们的文学形式有固定的模式，掌握话语权的一代设定文本，其他人则在这个基础上提出注解，因此人们总是在缅怀过去炒冷饭，如此表达对于生活的真实感受。这个过程中，幽默诞生所依赖的感知能力被逐渐消磨，从而进入了一个恶性循环中。我们的幽默作家没有得到成长，因为他们没有生长的土壤，而土壤没有得到培育，又因为没有好的作家。问题的根本在源头上，在于我们没有培养出好奇心，内心的呐喊声音太小。幽默是双向的，需要思考者也需要艺术家，但是在我们的这片土地上，艺术与科学被生生分开，它们也被从生活中剥离开来。

我前面提到了马基雅维利，现在我还要提一个人。他不在意模仿，没有对于辞藻的执着，也不在乎教廷的约束等我前面提到的所有无法幽默的不足，他是乔尔丹诺·布鲁诺[1]。如果你们同意，我想称呼他为非典型性学者、作家，著有《趾高气扬的野兽的来信》、《飞马和野驴的秘密》等作品。于布鲁诺，正如很多人所知晓的，他将“在悲伤中欢愉，在欢愉中悲伤”视为其幽默之座右铭。

在他的《杂货铺店主》[2] 中，他就清楚地表达了“思维之阴暗有时甚于最恐怖的野兽”。他还说过：“想想那些来来往往的人和他们的所作所为和一言一行，想想他们这么做的原因和背后的含义，若用赫拉克利特或者德谟克利特的哲学角度去看，那你们便会感知得更加深切。”

于布鲁诺而言，用赫拉克利特和德谟克利特的方式曾让他的生活更加完整。

“乔尔达诺的语言很通俗，他对于取名字很随意，按照自然所赋予的存在特质而取名，对于自然赋予的价值他从不感到羞愧，对于公开的事物也从来无遮无挡，他叫面包以面包，叫葡萄酒就是葡萄酒，该叫什么就叫什么，于布鲁诺，吃便是吃，睡便是睡，喝便是喝，见字望意，简单直接。”

---

① 布鲁诺（1548—1600）：意大利思想家、自然科学家、哲学家和文学家。
②《杂货铺店主》：布鲁诺 1582 年出版的五幕喜剧。

这在布鲁诺《趾高气昂的野兽的来信》书信体诗文中得以充分地体现。我们这里稍稍节选一小段，看看他是怎么说的。“今天有人想买两个甜瓜，水果铺那里的甜瓜已经熟透了，但是他还不能买，他要等三天后，当这些甜瓜被正式评判为熟透的时候才能买；阿尔本佐的老婆纳斯塔想烫头，结果铁片弄得太热倒把头发烫掉了，她本该闻到焦味就停下的，但却坚持要烫到规定的时间。”

这些都是信里展示出来的所谓贵族或名人对于小事的执着其实都是具有欺骗性的，小事如此，大事又会如何？

布鲁诺为何会这么说呢？

乔尔达诺在其《杂货铺店主》的序言中写道：“如果你们认识这个作者，你们会说他看起来似乎很迷茫困惑，他似乎一直在思索地狱的痛苦。这个作家好像是个拉链头，他笑只是为了使人发笑。越是了解这个作者，越是觉得他脾气犟、很古怪，令人讨厌。他一点儿都不讨喜，一会儿一脸不乐意的样子好像八十岁的老头儿，一会儿又活蹦乱跳地瞎叫唤像条狗。”

而布鲁诺在《无限、宇宙和世界》① 的开场白中借代达罗斯之口将其称为“智者的衣服”。

---

①《无限、宇宙和世界》：布鲁诺1584年在伦敦出版的第三部哲学对话集。

格拉夫[1]在他《十六世纪意大利的三部喜剧》这一令人敬佩的著作中曾评论布鲁诺的风格为思维流动之生动画面。意指布鲁诺的作品形式丰富，过程曲折，但却合乎情理，令人叹为观止。布鲁诺的作品内容充满对于生命的热情，不拘泥于修辞的对仗，处处体现出有机体的活力和灵动。作品的形式变化多端，行文一气呵成背后透露出的确是最最艰难的精妙想法甚至是灵魂最污秽不堪的角落。词语间的参差不齐碰撞出思维之火花。奇特的想法、出色的创造力以及丰富的语言是布鲁诺作品的精髓。布鲁诺的作品或褒扬或贬低或无视学术派的纯洁，用通俗的方言去展现雄辩的庄严场景。布鲁诺的作品是下了苦功的，在各个层次间寻到了完美的平衡，从乡野到庙堂，从现实到理想。他好像总是在作对比，对比思想上的先来后到，对比叙述或者描写，这个特点始终贯穿，如他本人一样。

对于这位泛神论的作家，我们的格拉夫在这部著作里面所发现的对比或者矛盾之处，于我看来，恰好完美地解释了作家形成幽默感的最最隐秘的心理过程。

此外，格拉夫还补充道：这些矛盾的诞生可能是由于某种身

① 格拉夫（1848—1913）：意大利诗人、文学评论家。

份上的改变，如从一个学者到一个白痴之间的跳转，从人人称颂的美德到人人喊打的恶习。

在我这篇短短的回顾中，实在无法顾及所有我脑中想到的每一位幽默作家，我只能忍痛割爱，把笔墨着重花在最杰出的意大利幽默作家的研究和选择上。既是这样，我们只需列举那么几个名字。在前文中，我已经提到两位伟大的作家了，现在我想说说第三位。这位作家是人民的作家，是手工业者的作家，用他自己的话说，女人每天都和针线打交道，那是她们的手艺也是谋生的技能，女人是缪斯，可惜连她们自己都没有意识到这一点。他就是强・巴蒂斯塔・维利①，他在鲁切拉宫②的后花园里放牧他的哲学思想，构思《魔女塞西》和《酒桶商的把戏》③。我这里还得再重复一下，如果这两部作品是由英国作家用英语写成，那么天知道在幽默文学的领域里将被视作多么伟大的作品。

---

① 强・巴蒂斯塔・维利（1498—1563）：意大利哲学家、作家、学者。

② 鲁切拉宫：意大利佛罗伦萨鲁切拉广场上的一座十五世纪宫殿，由莱昂・巴蒂斯塔・阿尔伯蒂设计，建于1446年到1451年。

③《魔女塞西》和《酒桶商的把戏》：强・巴蒂斯塔・维利的代表作，属于道德、哲学对话录。

但是话说回来，如果英国的康格里夫[①]、斯蒂尔[②]、普莱尔[③]是公认的幽默大师，那么我们很难在意大利的文学史上找出可以与之匹敌的人物。于我们而言，即使到了十八世纪，我们仍从未想过什么是幽默大师，更何况是一两百年前？但是在十六世纪的时候，我们看见了多少怪才和天才，切利尼[④]就是个好例子。说实在的，如果我们面前有蒲柏[⑤]的《愚人志》，难道我们就打算轻轻松松地放弃抵抗，让英国文学碾压我们的文学，羞辱我们，却连卡罗[⑥]的讽刺诗都懒得拿出来较量一番？我们各个时代的文人学者们缺乏打笔墨战的精神，从切科·安奇奥利耶里[⑦]到马里奥·拉皮萨迪[⑧]皆是如此，都是温和的、安全的、保守的、愉悦的，缺少布鲁内托·拉提尼[⑨]所说的恶毒、冷漠、干

① 康格里夫（1670—1729）：英国剧作家，代表作《以爱还爱》。

② 斯蒂尔（1672—1729）：英国作家，以小品文见长。

③ 普莱尔（1664—1721）：英国诗人、外交官。

④ 切利尼（1500—1571）：意大利文艺复兴时期的金匠、画家、雕塑家、战士和音乐家。

⑤ 蒲柏（1688—1744）：十八世纪英国最伟大的诗人，代表作《愚人志》。

⑥ 卡罗（1507—1566）：文艺复兴时期欧洲诗人，同时也是一位剧作家和讽刺作家，曾把维吉尔的《埃涅阿斯纪》译成意大利的无韵诗。

⑦ 切科·安奇奥利耶里（1260—1313）：与但丁同时代的意大利诗人。

⑧ 马里奥·拉皮萨迪（1844—1912）：意大利诗人，“复兴运动”支持者。

⑨ 布鲁内托·拉提尼（1220—1294）：意大利诗人。

瘪，或者一种言语中表现出来的孤独寂寞。由此我想到阿雷蒂诺[①]，我想到那可怕的赛佳蒂[②]，只有这些人吗？如果我仔细想想，还能再想出来点儿。我好像听见从遥远地方传来的呐喊，让我不要放下笔，让我继续写。

我们一旦把思路打开，就发现很多作家都争相地上了幽默这条船。这样很好，为什么不呢？还有你，奥腾西奥·兰多[③]，正如卡洛·藤卡[④]所言，你虽不是布鲁图斯[⑤]，但是却有生活的权利和说话的自由；还有你，那些写作悖论或者对于意大利以及其他地方奇闻逸事评论的作者，正是你有勇气去挑战亚里士多德精神的权威。但是对我而言，有些人就只能老实地待在岸上，和多尼[⑥]、博卡里尼[⑦]、多蒂[⑧]一起，和你们的很多前辈和后辈一起留在岸上。我不想过于严苛，尤其是我看到幽默之舟上有洛伦

---

① 阿雷蒂诺（1492—1556）：文艺复兴时期欧洲意大利作家。

② 赛佳蒂（1660—1726）：意大利诗人。

③ 奥腾西奥·兰多（1510—1558）：意大利人道主义者。

④ 卡洛·藤卡（1816—1883）：意大利学者、记者、政治家。

⑤ 布鲁图斯（前85—前42）：晚期罗马共和国的一名元老院议员。后来他组织并参与了对凯撒的谋杀。此处引用凯撒死前最广为人知的遗言："Et tu, Brute?"（还有你？布鲁图斯？）

⑥ 多尼（1594—1647）：意大利音乐理论家，文献学家。

⑦ 博卡里尼（1520—1580）：意大利建筑家。

⑧ 多蒂（1670—1759）：意大利建筑家。

佐·斯特恩这样一号无可争议的人物，我便想特别提到并且邀请我最后将说到的意大利作家。

亚历桑德罗·塔索尼[1]？他是上船还是留在岸上呢？在最近的一些纪念他的活动中，很多人已经能够看出塔索尼作品中那些尖酸辛辣的嘲弄，并赞扬这种能力，而非他同时代人的一味贬低。如果塔索尼是德国人或者英国人，他估计早已在船上坐得安安稳稳了，他完全值得。

我们又回到了一切的开头，幽默主义到底指的是什么？

阿克莱奥[2]在最近的一次研讨会上说他并不认同幽默的文学形式相对松散这一论述，他还表示因为很多因素的综合作用导致意大利的幽默形式并不丰富，他认为该话题需要特殊的研究才能解答。而我们从不缺少形成幽默的条件，阿克莱奥所列举的例子本身就充满矛盾。我们前面已经看到，似乎我们没有任何对于精神的体察，没有深入人心的风格，我们的作家们都是些夸夸其谈的所谓学者，我们多是怀疑论者或者冷漠的人，我们从未真正从中受到启发。但面对这些指责，我也列举了不少名字，但是这些名字这些人，却从未有那么一瞬间出现在阿克莱奥的脑海里。只

---

① 亚历桑德罗·塔索尼（1565—1635）：意大利作家、诗人。

② 阿克莱奥（1848—1914）：意大利法律学家、政治家。

有一次，当他谈到处于最后生命时期的海涅[1]自嘲生命的痛苦时，他想到了同样感觉到因为有惩罚的痛楚才感受到存在的莱奥帕尔迪[2]。莱奥帕尔迪写道："我被嘲笑，被唾弃，被人推来推去，一想到他们我就害怕得发抖。但是我习惯了这一切，我忍受了这一切。是的，但我仍将抒情下去。"阿克莱奥认为"古典的教育是不允许其成为幽默的大师的"。莱奥帕尔迪还写了些东西，我们这里不一一列举，但是古典教育？那么难道浪漫主义的思潮就能允许曼佐尼[3]成为幽默大师了？莱奥帕尔迪笔下的阿博蒂奥似乎没有任何渴望，只是沉溺于责任和恐惧的争论中，实在荒谬至极。正是这样荒唐的逻辑让阿克莱奥奉为圭臬，对于他，幽默是能够掀起新定义狂潮的星星之火，其第一阶段是怀疑，是嘲笑自己的想法，如《哈姆雷特》；第二阶段是斗争和适应，是嘲笑自己的痛苦，如《唐乔万尼》[4]。在第一层次的幽默大师中有两个法国人，拉伯雷和蒙田，两个英国人斯威夫特和斯特恩；第二层次的幽默大师中是两个德国人，里希特和海涅，三个英国人，

---

① 海涅（1797—1856）：德国诗人。

② 莱奥帕尔迪（1798—1837）：意大利诗人、散文家、哲学家、语言学家。

③ 曼佐尼（1785—1873）：意大利大文豪，与莱奥帕尔迪同时代人。

④《唐乔万尼》：莫扎特歌剧。

卡莱尔、狄更斯和萨克雷，可能还有马克·吐温。你们看看，一个意大利人都没有，我们连马克·吐温都不如。

阿克莱奥最后这样总结道："喜剧的精神还包裹在艺术喜剧或者方言诗中，而讽刺则更多地存在于散文、小说里。这些形式相互混乱，就可能形成与我的观点相悖的论述，似乎我言过其实。我对于构思中的想法或者草稿并不感兴趣，在我们的艺术史中，各种形式都能看到，但我独独却找不见幽默文学或者找出能与阿里奥斯托[①]或者塞万提斯媲美的作者。"

而我们之前所举的这些例子，与他所提及的，其实并不矛盾，只是阿克莱奥没有将他们类比。但是我得补充一句，塞万提斯、拉伯雷还有蒙田，都是拉丁民族。我们不相信所谓的革命或变革只发生在西班牙，我们也同样，意大利也会有革新。我们丝毫不愿意将幽默混淆喜剧精神、讽刺或挖苦，这一点毋庸置疑。但是同时我们也不应该将真正的幽默与英式幽默画上等号，也就是说某种特定的使人发笑的方式每个民族都有，不仅仅是英国人。大家不能假装法国人或者意大利人能够懂得英式幽默，也不能强说英国人和法国人的笑点相同。虽然有时候大家的确能够相

---

① 阿里奥斯托（1474—1533）：意大利文艺复兴时诗人，代表作《疯狂的罗兰》。

互理解，但这不是我想说的重点。真正的幽默是另一种东西，即使对于英国人来说也是一种风格上的偏离。我们曾经也说，只要把一样东西和另一件东西混合起来就是让一个民族接受但让另一个民族否定的幽默主义的文学。但是真正的幽默主义文学有且应该只有这样一个作用。每一个民族都有能够具有这样标志性风趣的作品，只是具体的表达方式不同罢了。我们的文学中当然也有，比如切科·安奇奥利耶里，其重要性不亚于乔叟之于英国文学，我并不是说安奇奥利耶里就是功勋卓著，但他的作品显示了在本国口味的红酒里中掺了点日不落帝国的洋酒。若非如此，那么就不存在真真正正的幽默文学。有几个民族能够诞生既能进行那叫作幽默的复杂又可贵的心理活动又能把它们都写下来的伟大作家？你们想想阿克莱奥提到了几个？

话说回来，只有特别的灵魂才能诞生幽默并能传递幽默。当一种艺术表述成功吸引大众的注意的时候，这也启动了人们根据对于这种表述的印象进行接下来的思考、讨论和评论。起初这只是某一个作者发自本能的一种表达，为大众接受后便变了味。浪漫主义如此，自然主义亦是如此，都逃不过成为时代主流，奉之为圭臬的宿命。于是很多人便为了赶时髦而成为浪漫主义者或者自然主义者，就像十八世纪的英国很多人是为了幽默而幽默。十八世纪的意大利人硬是往田园牧歌的方向靠。其实我们能够形成独特的精神思维过程，能够根据内心的活动对特定的外在做出反应。但是时代的主流声音会将其改变，会操纵潮流，很多墙头草东倒西歪。谁能够坚守内心？其人也稀，屈指可数，只有那些有着超凡本能，或者内心强大的人能够在洪流中固守住本心。

难道阿克莱奥真的认为我们的方言文学中最多只有喜剧精神吗？他是西西里人，他当然会提到梅利[①]，他当然也知道仅仅把梅利的诗认为是“田园牧歌的吟唱，只有风笛声能够引起共鸣”的评价是有失偏颇的，梅利的诗歌是全面的，是层次丰富的。难道梅利的诗句中没有真正的幽默吗？只要看看他的《摘橄榄》就能知一二。

“滴答滴答是谁在？有人在把橄榄采。”

贝利[②]的十四行诗里面难道没有真正的幽默吗？卡罗·波塔[③]的作品难道不是幽默文学的杰作吗？贝尔赛齐奥[④]的《特拉维特的遭遇》和加里纳[⑤]的《诺比罗莫·维达尔》难道不是名垂

① 梅利（1740—1815）：意大利诗人、剧作家。
② 贝利（1791—1863）：意大利作家，以用罗马方言写作而著名。
③ 卡罗·波塔（1774—1821）：意大利著名诗人。
④ 贝尔赛齐奥（1791—1821）：意大利著名剧作家。
⑤ 加里纳（1852—1897）：意大利著名剧作家。

青史的不朽篇章吗？我们还有一位方言作家，非常伟大，是一位真正的幽默大师，但至今被人忽视，来自意大利南方卡拉布里亚大区的乔瓦尼·梅里诺[①]。几年前，他的同乡曼狄卡[②]在一次会议上将梅里诺的不凡展示在人们面前，政治与文学的距离也并不是那么遥远。梅里诺曾为五十五名读者写书，他将这些读者分为四组，并希望每组都依据自己的喜好来对作品进行评价。他的一些作品还没有正式出版，在这些手稿里他写道："将相互并无关联但是又讨人喜欢的事物连接在一起，很适合那些没有大脑的读者，他们只需要外表看起来文绉绉的就接受了。"

在意大利方言文学中，阿克莱奥真的没有发现讽刺或者挖苦的作品吗？我倒是发现十八世纪的意大利文坛有一大批的作者百花齐放。我想到了福斯科罗[③]、巴莱蒂[④]、曼佐尼，他们的作品中都带有天然的幽默气质；我还想到朱斯蒂[⑤]的诗作《圣·安布罗修》，真正的幽默的作品，能够从众多的讽刺作品中脱颖而出；

---

① 乔瓦尼·梅里诺：生卒年不详。

② 曼狄卡（1876—1947）：意大利政治家。

③ 福斯科罗（1778—1827）：意大利小说作家、诗人、文艺评论家及革命家。

④ 巴莱蒂（1719—1789）：意大利文学评论家、翻译家、诗人、剧作家、语言学家。

⑤ 朱斯蒂（1809—1850）：意大利著名诗人。

我还想到莱奥帕尔迪作品中那夹杂忧郁的对白；我想到奎拉奇[①]，想到达泽里奥[②]，想到卡尔洛·比尼[③]，还有涅沃[④]、德·梅伊思[⑤]。除此之外伦巴第大区那边的佛加扎罗[⑥]、卡普阿纳[⑦]，还有一些年轻的作家比如维拉利[⑧]、阿尔贝塔齐[⑨]、潘奇尼[⑩]等等。总之，我十分确定，无论是过去还是现在，意大利旧文学和新文学中都有很多的幽默作家。

---

① 奎拉奇（1804—1873）：意大利政治家、作家。

② 达泽里奥（1798—1866）：意大利政治家、爱国者、画家、作家。

③ 卡尔洛·比尼（1806—1842）：意大利诗人、爱国主义者。

④ 涅沃（1831—1861）：意大利诗人、爱国主义者。

⑤ 德·梅伊思（1817—1891）：意大利爱国主义者、哲学家、政治家。

⑥ 佛加扎罗（1842—1911）：意大利小说家。

⑦ 卡普阿纳（1839—1915）：意大利作家、记者，真实主义文学的代表人物之一。

⑧ 维拉利（1866—1923）：意大利作家。

⑨ 阿尔贝塔齐（1865—1924）：意大利著名作家。

⑩ 潘奇尼（1863—1939）：意大利文学评论家、作家、词典编纂者。

◤第二辑　写给缪斯女神的信

TWO

皮兰德娄和玛尔塔·阿芭初识于1925年2月。当时皮兰德娄五十七岁，已是一名在国际上享有盛名的作家和剧作家。玛尔塔年方廿四，是一名来自米兰的年轻女演员，刚在契诃夫的《海鸥》中初登舞台。玛尔塔在这部剧中大放光芒，皮兰德娄也因此注意到玛尔塔的艺术天赋，邀请她出演马西莫·波特佩里[①]的新剧《我们的女神》。自此玛尔塔成为了罗马艺术戏剧团的首席女演员以及皮兰德娄艺术创作中独一无二、不容置疑的缪斯女神。直至1936年皮兰德娄去世，两人一直保持着紧密联系。这是一段常被归咎于遥远距离的单相思的情感。首先两人年龄上存在巨大差距，其次是物理上的距离。除了两人初识的前三年经常相见，余下的时间几乎是聚少离多。但是隔在两人中间的，更加无法逾越的是两人情感上的距离。这其中的原委和真相似乎能够从当时遗留下来的信件中窥知一二。通过阅读这些信件，我们便会

① 马西莫·波特佩里（1878—1960）：意大利作家、散文家、记者。

发现两人交往背后的真正历史。如果皮兰德娄给予这个年轻女孩的是一份无条件的、没有尽头的和毫无保留的爱，玛尔塔则展现出一种对于皮兰德娄所取得的艺术成就与当时周遭所充斥着的谄媚与众不同的冷静与孤立。对于玛尔塔而言，她更看重的是自己对于艺术事业的诉求，而非男女情爱。玛尔塔的冷漠孤傲与当时躁动的戏剧环境形成强烈对比。评论家们评价她的表演是“不会消失的恶魔之火”，“处处透露出玻璃般坚硬的质地”，“透明到冰冷、尖锐到锋利、现实到残忍”，因此玛尔塔在同时代的女演员中是被广泛公认的“现代派”（皮兰德娄自己也如此评价）。而玛尔塔本人正是这样一个较为冷静的女人。

玛尔塔之于皮兰德娄，可以说是这位艺术大师人生最后的十一年中，一个越来越重要，也是越来越难以说清楚道明白的存在。皮兰德娄全身心地追求着玛尔塔，即使面对玛尔塔明确表示两人之间的关系有着不能逾越的界限，他也从未停止向这位少女倾注着覆水难收的情谊。从两人之间的书信往来上看，玛尔塔寄给皮兰德娄的信件数量远远小于皮兰德娄寄给玛尔塔的数量，这说明了皮兰德娄对于玛尔塔近乎疯狂的需要。他自己也说：“玛尔塔不在身边，自己的灵魂便空虚如地狱。”对于这位来自阿格里琴托①

① 阿格里琴托：意大利西西里岛城市，皮兰德娄的故乡。

的作家来说，尽管当时他的作品获得了整个世界的赏识，他的名字从南美到日本再到北欧斯德哥尔摩，无人不知无人不晓，但那些年却是他人生最焦虑最无助的时光。在这样的压力下，这位艺术大师始终尝试提前结束自己的生命。皮兰德娄常说自己感到非常不自在，犹如一只无头苍蝇，虽在飞翔却迷失了航向，他总感到被迫要逃离意大利，因为他的故乡的戏剧界被一帮无赖和流氓掌管着，意大利的戏剧朝着荒诞不已、愚蠢至极的错误方向发展，而他无力回天；他逃到德国后又被迫离开德国，因为德国纳粹的思想完全将皮兰德娄所取得的艺术成就充满敌意地排除在外；至此皮兰德娄的内心世界，那个被孤立的孤独所统治的内心世界也终于土崩瓦解。"整个生活都在和我作对，他们从各个角度推搡着我。我体无完肤。"但是逃并不能成为皮兰德娄的救赎。对于这一点，皮兰德娄，作为黑暗世界与真实存在的探索者，他心知肚明。于是皮兰德娄便全身心地投入到能完全释放自己的书信写作中，将目光从自己所处的灾难中移开，逃开令人精疲力竭的剧团经营、巡演、寻求世界合作的机会、计算收益、保持和政界以及文艺界的经常联系等种种社会交际漩涡，他将自己完全埋于工作中。所以他说："生活对于我来说就是工作、创作。当我无法继续工作或者创作的时候，那我宁愿我自己死掉。但我还是需要一些时间来休息，这点空隙对我来说非常珍贵，也就是这点空隙一直给我希望，给我信念，在我短暂休息之后，我才能重拾之前的力量，重新面对工作。”或许，这简陋的救赎方式是另一种折磨，就在皮兰德娄去世前一个月他写道：“我不想再工作了，或许是我不应该再继续工作了，很快我将没有需要，像一个被判刑的人那样工作，对我这个年纪的人来说，在工作了那么多之后还要继续工作太残忍了。”长期以来，皮兰德娄都是用工作来调节生活的，但在人生的弥留之际，他对于自己长期以来贯彻执行的生活方式予以了彻底的否定。

皮兰德娄的确风光，但他所热爱的戏剧事业从未停止过给他以打击。皮兰德娄心怀壮志，他梦想建立一个国家级剧院，一举兼并意大利半岛上所有零零碎碎的中小型剧团；演员们个个都是精挑细选，量少质优，而且不会受到骗子经纪人的玩弄，也不用看文化官员阴郁的脸色。但是他的这个梦想从未实现过。面对种种失意，皮兰德娄也不得不总是成为名流的宴会的座上宾，尽管他极力保持着清醒。

皮兰德娄的艺术之梦已算强烈，可相较于他对于玛尔塔那炽热无比的情感之梦来说，那种强烈的实现的愿望只能算是九牛一毛。皮兰德娄与玛尔塔两人之间纵有千沟万壑的阻碍，也丝毫不妨碍玛尔塔在皮兰德娄心中始终是那么闪耀迷人。无论在银屏上还是生活中，她处处都激发着皮兰德娄的创作灵感，是皮兰德娄的创作源泉，是皮兰德娄的缪斯女神。皮兰德娄在他自我放逐到柏林期间曾给玛尔塔写信道：“我的艺术若要继续，必须有你。”皮兰德娄也是玛尔塔艺术事业上的伯乐，他很早之前就预言过玛尔塔将在戏剧事业上大有前途。“我希望你尽快学会开车，因为你很快就要在美国开车了，你开的不是一辆普通的福特，你是在好莱坞的大道上开着一辆拉风的超跑。你是女神玛尔塔，你是全世界银屏的女王。”这段话皮兰德娄写于 1928 年。皮兰德娄晚年生活并不好过，玛尔塔在艺术上的大放异彩是他内心唯一的慰藉。在那些年中，皮兰德娄与他的缪斯女神并无过多的直接接触，他甚至只能在好几封信的边角用墨水深深刻写下玛尔塔的名字。皮兰德娄总在幻想玛尔塔会消逝在另一个城市，消逝在其他的舞台，离他而去。他太害怕失去他的女神了，他的心情在信件里展现得一清二楚。

玛尔塔是皮兰德娄脑海中的一个旋转的形象，纵使她吸引了全世界的目光，也抵不过她的情人对她的关注的万分之一。玛尔塔是皮兰德娄生命舞台上从未出现过的艺术形象。正如生命不能被生活一样，这一切都是命中注定。也许正是因为这一老一少之间的爱情不能超越一定的界限，也幸好如此，这段感情是那干柴，为皮兰德娄熊熊燃烧的艺术之火添加燃料。

（译者注）

1925 年

皮兰德娄写给玛尔塔的第一封书信可以追溯到 1925 年 2 月 7 日，只是随附在《我们的女神》的作者波特佩里写给玛尔塔的信后的一张小纸条。玛尔塔·阿芭初次在罗马奥德斯卡尔齐剧场①上演的《现代喜剧》的登台亮相即取得了评论界与观众的一致好评。

亲爱的小姐：

请您带着爱意与热情好好学习《我们的女神》中女主角的部分，仔细思考这个表演，它将助您在舞台上塑造形象并完成从一个角色到另一个角色的转变。

我谨希望您能将全部精力放到此剧的诠释中。顺致最亲切的祝愿。

路易吉·皮兰德娄

---

① 奥德斯卡尔齐剧院：成立于 1925 年，创始人为皮兰德娄。

1926年8月5日

致玛尔塔·阿芭

米兰

卡亚佐路52号

1926年8月5日

奥诺伏里奥·潘维尼奥路

亲爱的玛尔塔：

我终于可以写信告诉你些关于我们打算如何筹备即将到来的喜剧年的消息了。但是我先要和你说，之前我没有给你写信，是因为在我回家后的第二天，我的儿子们和女婿在家里上演了一场“疯狂的好戏”。过去的十年里，我回家的日子屈指可数。所以你可想而知我当时的状况。但是我内心还有很多的力量支撑着能够让我马上振作起来，度过这场风暴。今天下午五点，律师就能梳理清楚所有事情，给每个人一个妥善的安置方案了。

司令官莫里基尼来找过我，他从四旬斋开始就要当阿根廷剧院的承包商了。他本来想退出的，因为他知道有一帮作家和评论家向罗马市政府发难，认为阿根廷剧院的演出计划的分配不公允。但是罗马市政府并没有理他们，市政府倒是继续支持莫里基尼，让莫里基尼和他的同伴做他们想做的事情。前天，莫里基尼在再一次去找罗马的执政官前来找了我。他告诉我，那帮作家和评论家是路易吉·吉雅莱利组织的，他们中肯定有乔尔达尼，还有常和他们混在一起的那帮无赖。我告诉他我对此早有预料，并且如果需要，我会出手帮助他为阿根廷剧院而战。他也同意要和市政府约定一场听证会，而我也会出席那场听证会，并且我还要介绍我们的演出计划和新公司的各项制度。这个关于举行听证会的提议马上就得到了罗马那边的同意。罗马的执政官是个习惯于早起的人，所以今天早上八点，我和莫里基尼就去市政府宫拜会了他。我大概说了三刻钟，罗马市政府的秘书长曼奇尼先生也在，他是个非常聪明的人。莫里基尼说他们全被我吸引住了。莫里基尼相信就在未来的几天他们就会做出最终的决定了，他和他的理事们都对此充满信心。公司的任命会是三年期的，到期再续三年。我告诉你，我们的剧院一定是富丽堂皇的，完全对得起政府的投入。我也提出了我的艺术建议，还给予他们全部的支持。

面对如此重任而且要将我自己从生活中的诸多不幸中抽离出来，尤其是这些天我面对的这些家庭风暴，我开始重读《戴安娜与图塔》①，把它修改得更加戏剧化一些，我想现在第三幕的后

---

①《戴安娜与图塔》：皮兰德娄于 1925 年 10 月至 1926 年 8 月间创作的三幕悲剧。该剧 1926 年 11 月 20 日首次以德语在苏黎世剧院公演。意大利语版本的公演由玛尔塔·阿芭担任主角，于 1927 年 1 月 14 日在米兰的艾登戏院上演。

半部分已经相当完美了。我期待你遵守你的承诺，放松地看完这部作品然后告诉我你的想法。我等你，但我现在真是很紧张。期待你的回信。代我向你的父母问好，送上我最诚挚的祝福。

路易吉·皮兰德娄

1928年7月4日

致玛尔塔·阿芭小姐，

温泉大饭店

萨尔索马焦雷泰尔梅①

1928年7月4日　罗马

亲爱的玛尔塔：

把你一个人留在萨尔索马焦雷真是个明智的决定，我每时每刻都能想到你现在在那样一个体面的地方舒舒服服地休息，这真让我高兴。但如果事实并不如我想的那么好或者不全如我想象的那么好，那么你就多多包涵吧。但我总是愿你能多休息点，这样

① 萨尔索马焦雷泰尔梅：意大利中北部帕尔马省的一个市镇。

对你的健康和精神都有好处。

出发之前，我在米兰见了乌法（UFA）公司的伯恩斯提尔[①]。他给我开出了一些邀约，大概是下面这些：一份担任艺术总监的六个月的合同，月工资很诱人，有六千马克，大概是两万七千里拉；要拍三部电影，你可以作为主角加入，这是另外签的合同，我觉得大概差不多一万五千马克，毛收入的百分之十要扣掉。他开出的这个邀约，你也看到了，真是非常合适，但是我还是没有立刻答应他，想让他再等等，因为我还要看看费莱伊拉和米格尔那边的情况。伯恩斯提尔还有几天就要出发回柏林了，他想带走几张你的照片，因为我也跟他说我们合作的前提必须是你要参演这些电影。我不知道你有没有把你的照片带在身上，或是你将他们留在了米兰。但是我已经跟你爸爸说好了，他会及时给我，我会第一时间给到伯恩斯提尔。

罗马这里闷热得难以想象，小别墅是住不得了。斯特法诺[②]从聂图诺[③]来找我，今晚我会和他一起去聂图诺，但是明后天我

---

① 伯恩斯提尔：生卒年不详，德国 UFA 电影公司经纪人。

② 斯特法诺：皮兰德娄的儿子

③ 聂图诺：意大利罗马省的一个小城市。

就会回来。我要重新开始写作《拉扎罗》[1]了，要赶紧把它写完。我现在在戏剧园的办公室里等会计师南纳莱利，他要告诉我我应该付多少税金。他这个办公室离邮局很近，我一从这些烦人的税务琐事中脱身，就给你寄信去。

我焦急不安地等待你的来信。我想知道你现在怎样，不知道这疗养是让你厌倦还是让你愉悦。

罗马这里的烈日让一切都无处躲藏，像脱水的鱼儿奄奄一息。

好了，我不说了，请给我写信。要好好的，健健康康、高高兴兴的。代我向你妈妈和切莱[2]问好。你要保重身体，送上我最诚挚的祝愿。

路易吉·皮兰德娄

①《拉扎罗》：皮兰德娄1928年开始创作的三幕神话戏剧，于1929年12月在都灵公演，玛尔塔·阿芭为女主角。

② 切莱：全名切莱·阿芭，生卒年不详，玛尔塔·阿芭的妹妹，意大利女演员。

1928年9月21日

1928年9月21日

奥诺伏里奥·潘维尼奥路

我亲爱的玛尔塔：

自你走后，我仿佛感觉那该死的夜班火车残暴地将你从我身边夺走，而这痛苦让我无法呼吸。你能想到每当我想到你们处在那样一个可怕的境地是怎样的煎熬吗？你们没有座位，只能在摇晃的车厢走廊里，踉踉跄跄地只为找个地方落脚，坐下休息休息度过这漫漫长夜。而包厢里面的旅客在黑暗中熟睡，帘子都拉了下来。

你走后的第二天，也就是昨天，我也回去了。我回去的旅途也好不到哪里去。整趟火车都挤满了人，而且和我一起从维亚莱乔①上车的人也多得不像话。上车后我只能曲着腿站在车厢里面动弹不得，因为到处都是大包小包的行李，我哪儿都去不了。我本来是打算去餐车用个早餐的，但完全不可能。列车在比萨站停靠时我挪到了餐车，但是又足足在那里等了三个小时，所有桌子都满了，第三次翻桌的时候才轮到我，但他们只剩一点东

① 维亚莱乔：位于意大利托斯卡纳大区北部的一个城市。

西了。真是够了。后来直到四点半我才吃到点儿东西。我到罗马的时候晚点了二十分钟，斯特法诺在车站接我，他们已经把别墅收拾好了迎接我。

没什么新的消息。只是我收到莱乔的一封信催我《拉扎罗》何时完成，因为玛利亚·梅拉托①和鲁杰里②准备组一个剧团，他们需要找到要上演的剧。我告诉他过几天我们在米兰再谈这个事。但到那时我会拒绝他，《拉扎罗》会在国外首演，在柏林。

我还收到菲斯特③从慕尼黑给我寄的一纸留言，他说他近期都不会去巴黎了，他在慕尼黑等我们的消息。我给他发了个电报告诉他我之前给他寄了封信，但是寄到了法兰克福。如果他给我回电报，我会告诉他我们十月初就会去柏林。我还给特伦博格伯爵夫人发了份电报。她还是没有他儿子的消息，所以我建议她发电报到纽约去看看有没有信儿。我还给伯恩斯提尔发电报，告诉他我已经回到罗马，让他告诉我他手上项目的进展。今天晚上特莱西奥·因特兰蒂会来我家吃晚饭，我要跟他好好谈谈目前一片混乱的意大利电影。我会及时告诉你所有消息的。你一旦得空，

① 玛利亚·梅拉托（1885—1950）：意大利戏剧及电影女演员。

② 鲁杰里（1871—1953）：意大利戏剧及电影演员。

③ 菲斯特（1887—1952）：作家，曾将皮兰德娄的戏剧翻译成德文并在德国上演。后两人断绝来往。

请给我写信告诉我你的近况。代我向你的父母问好，送上我最诚挚的祝福。

你的路易吉·皮兰德娄

1929年3月14日

1929年3月14日柏林

大力神酒店

弗里德里希·威尔赫尔姆斯特路10号

我亲爱的玛尔塔：

你还在旅途中吧。自你乘坐的列车缓缓离开月台开始，我就一直在思绪中追随着你。没有你在身边的我是如何的，你可以想见。我真是不知道你如何能够忍受和那样的一群人一起晚餐。吃晚饭？我想着就咽喉紧缩，难以下咽。如果你不回来，你觉得我还能吃得下一点儿东西吗？后来我回了家，一头倒在窗户旁边的沙发里，就那么待着。不知道待了多久，直到天黑，我发现广场已经都暗了下来，只有几处亮光在闪烁。我隔壁的屋子是那么安静，而就在几个小时前那里还有你的倩影。这安静给我死亡般的压抑，于是我只能大哭来发泄。我哭了好几个小时。请原谅我告诉你这些。而我除了哭泣，什么都做不了。十点半，筋疲力尽的我在把你所有的照片都翻出来看完以后，抱着你的小闹钟上床睡觉了。你的这个小闹钟，虽然时时刻刻提示着我每分每秒的难熬，但至少是个陪伴。我想着之前这个闹钟也是陪着你，你也听着同样的“滴答，滴答”。

今天早上六点半我就醒了，一直躺到八点用人进书房把壁炉点上。我让她给我拿杯咖啡并把浴室的水放好。

我从九点开始就坐在书桌前，但是我什么都写不出来。我试着写些什么，两次、三次，但就是不行。我看着你的照片，你在对我微笑，好像让我安心，但是我知道这并不真实。你笑是因为这是在拍照，你并不是为我而笑，所以虽然照片上你的微笑很美，充满了高贵的优雅，但这优雅在我看来变得残忍，我的眼睛总想逃避但我的心却舍不得离开。

我希望命运，能够在我永远与这世界告别之前，对我仁慈一回。玛尔塔，我希望命运能将你带到我的身边，至少这样我可以找到一个活下去的理由。而这样的理由，正是我目前最看不见的。

我不知道一会儿还怎么去索拉里他们家，我现在谁都不想见，什么也不想吃。现在的我还能谈论什么呢？任何东西在我眼里都没有意义。

菲利普跟我说兰茨[1]今天下午五点会来，艾登也给我打电话说伍莱德六点会到。谈工作，或许我还可以，但这是因为你建议我做的。还有很多伟大的工作要继续进行，这既为了你，也为了我。

我等着，如同久旱的土地，等着你的来信，你的滋润。

我会把所有事情都告诉你，但我需要坚持下去的勇气，有且只有你能给我这个勇气。

从现在到七点四十五，我都会在脑海中思念旅途中的你，八点的时候我会开始想念你的家，我能看见你的家，因为你在那里。

你呢？你能在脑海中看见我吗？

再见，玛尔塔，再见。

路易吉·皮兰德娄

---

① 兰茨（1882—1949）：奥地利剧作家，皮兰德娄好友。

1929年3月31日

致玛尔塔·阿芭

卡亚佐路52号

意大利 米兰

柏林 复活节

我亲爱的玛尔塔：

你是不是生病了？是不是只能卧床休养？昨天我专门给你发了封电报询问你的情况。如果不是这样，我真的不能接受其他可能性。因为我无法相信，在你的上一封信之后，我给你写了那么多回信，你却对此置若罔闻，不给我只言片语，连一个像样儿的复活节祝福都没有。何况今年的复活节我只身一人在这里。这么多天过去了，这毫无动静简直要把我逼疯了。

我不知道我重读了多少遍你最后的来信，上面的那几行字我都已经深深刻在脑袋里。他们说你可能遇到些不好的事情，而且字里行间都充斥着这样的情绪。但不好的事情是精神上的，对吗？一定是精神上的，因为你的信里并没有说你身体上不好呀。或许你的身体的确出了状况，否则对于你的杳无音信真是没有其他可以解释的理由。

我想破脑袋试图记起我 22 号给你写的信里说了什么让你感到不高兴。可是我给的信都没能完全表达你离开之后我的低落和孤独呢。我也的确在信里向你抗议说你对我毫无安慰之词是不公平的，我希望得到你的安慰，我等待着你的安慰，因为我所有的痛苦和失落都是因为你！正如假如有一天我从你的生活中彻底消失，你也会想从我这里得到些慰藉的吧？否则就只能像我现在这样，每时每刻每分每秒都只能活在遗憾和惋惜里。我会给你我能够给你的慰藉，告诉你这世界上有人比你自己更爱你，有一个不为自己而活的人，有一个没有你不行的人，有一个活着的一切都只为你的人。况且这个人并非无名小卒，况且这个人还有些影响力，并不是随随便便就可以打发的人。来自这个人的伟大的爱，是他给你的温柔。但如果有一天他不再给予你了，那并不是我的错，如果你感到孤独或者被抛弃，那是因为你不再需要我了，是你不想见我，是你选择离开。而我，一直将你放在心里，而且我会一直把你放在心里。我只有在你拒绝我的思念的时候才会停止，那说明你不需要我了。这对我是可怖的真相，否则你是不会走的，你感到孤独，你觉得你的生命毫无意义。你觉得如果你死了，只有你的父母会为此伤心。你觉得我不会伤心，我不再在这里等你了，你说我不守护在你身边了，你说我没有说一句话来安慰你。哦，玛尔塔，你的不安正是来源于此：你没有感觉了，你叫喊着你回不去了，你无法再忍受了。但你还在这里，你还会继续在这里，你的艺术还会继续，你会有属于你的位置。我没有错，我是不会错的。好好问问你自己，玛尔塔，好好看看你的内心，你会发现我是对的。

当你真正相信你自己的时候，便是我的终结。但是你，那么年轻，你会知道如何痊愈。

路易吉·皮兰德娄

1929年5月1日

致玛尔塔·阿芭

卡亚佐路52号

意大利　米兰

1929年5月1日　柏林

我的玛尔塔：

我已经两天没有收到你的来信了。这间隔时间太长，可能是因为我的回信让你生了我的气，你上一封信里提到了那个女人，那个不堪到我都难以启齿的女人。如果我惹恼了你，玛尔塔，我真心诚意地请求你的原谅。但是请你也想一想我的痛苦。当我一想到你，我的可人儿，与那样一个坏透了的女巫有联系，我是多么痛苦和难受。这真是一种煎熬！我想到她这样毫不可信的人在你面前狡辩，在你面前骗取你的信任，苍天在上，真是厚颜无耻、背信弃义啊！当我听你说她是多么地真诚，而我是多么地虚伪，这一切我真的无法忍受。这对我是突如其来的一个打击。后来，你又在你的来信里提到她，言语中却带着对我的愤怒，而这愤怒恰巧是我现在正经受的。你们已经是同一国的了，一起折磨着我，总是她有理，她说得对。我感觉我的灵魂已经在胸腔里翻滚起来。

我的玛尔塔，我的玛尔塔呀，请仁慈地理解我吧。我并不想和你争论对错。在你面前的我，就像在神灵面前一样，知道什么是我喜欢的，什么是我厌恶的，我的缺点、我的过错、我的不足、我的失误、我的软弱，我都清清楚楚。我可以毫无保留地都告诉你，我可以跪在你面前向你坦白一切。因为我知道并且认为自己是属于你的，好像是你的一个物件，你甚至可以将脚永远踩在我的身上，昭告天下我是你的。也许有时候你觉得我做得不对或者不合你的心意，那你就尽管惩罚我。但你一定要原谅我！但是你千万不能沾染那毒辣妇人的恶毒，要远离那女巫腐朽死亡的气息啊。你指责我的缺点和弱点，但却是以她的口吻。玛尔塔，玛尔塔，我不能允许你用她的口吻说话，不能允许和她一起来指责我。我的玛尔塔，在她的面前，你要为我说话。如果一定要控诉我的话，那只能是她，而且只有她。你要和我站在一起，不能和她在同一边。

我的玛尔塔，你现在明白了我所感受到的痛苦以及为何我会给你写那样一封又长又蠢的信，甚至把你惹恼了吧？就是因为这个，这个就是原因！我的脑门全被挠破了，这痛苦、这恐惧和这愤怒你能理解。你要饶恕我，玛尔塔！我现在所遭受的折磨和痛苦，只有你的宽恕能够拯救。

我等着你的来信，等你发自你那温柔的内心和伟大的灵魂给这个只靠着远方的你的一丝丝慰藉而活着的渺小的男人写一封“善良的信”。

你的非常可怜的老师

1929年6月9日

致玛尔塔·阿芭

卡亚佐路52号

米兰

1929年6月9日 罗马

我的玛尔塔：

明天晚上九点二十五我从罗马出发，周二早上八点二十五到米兰。我还是像往常一样住大道酒店。我的儿子法奥斯图会跟我一起过来，他会待到晚上，然后他继续坐车回巴黎。而我会在米兰一直待到14号。

周二早上大概九点半到十点的样子，等我下了火车到了酒店，我会给你打电话。

这些天我都没有给你写信，其中的缘由太多太多了，我在电话里面会一一跟你详说。同时，你放心，你上一封寄到柏林给我的信我已经收到了，在罗马收到的，完好无损。我读了，然后像每次读完你的其他信后一样，我都把它们撕得碎碎的，这样就没有人会看到了。

我不会告诉你这些天我在罗马是多么折磨和难熬。那种感觉浑身支离破碎的感觉又回来了。我感觉我已经活不下去了。最可怕的是，我仿佛已经瞎了，因为我看不到生命的出路，我生命里所有的门都关上了。我不知道我还能上哪儿去。真的，我一点儿也看不到活下去的希望。曾经让我坚持工作的勇气和力量在这十天内被打击和折磨得消失殆尽，我感觉自己就像是个行尸走肉，这是我之前从未感到过的。就算我能够振作起来，那也是虚空的，没有意义的。那天晚上我做了个噩梦，一个非常可怕的噩梦……

好了，不说了。

你想知道学院的会议怎么样？呵，都是一群小丑哗众取宠，那些聊天简直让人作呕。我只能和费德勒一起谈谈工作，他是作家协会的总经理，手上有个关于剧院的项目。具体的我电话里跟你说。今天晚上我还要见他一面，谈谈最后一些细节。这是我唯一能做的正经事。我还会告诉你我还遇到了哪些人，告诉你他们都说了什么。

这次我没有见到毕西①，可正是因为他我才专程去的罗马。我到的那天他刚好要去巴黎参加一个重要的学术会议。那个会议可能决定欧洲电影的未来。他临出发前给我打了个电话，非常抱

① 毕西（1887—1945）：意大利出版商、记者、电影公司合伙人。

歉告诉我真不凑巧，两个时间冲突了。他向我保证他 6 号一定能赶回来，可今天都 9 号了，他还没有回来。不过我非常肯定我和他集团的合作可能要告一段落了，或许每年还可以有一两个单独的项目，但是更多的信息我要等到七月份才能了解得更全面。巴黎的那个会议对我来说非常重要，其中的利弊我到米兰了再跟你慢慢说。我需要灵魂的照耀，需要给我一个支撑下去的希望，因为像我这样一个如此绝望的人，瘫倒在地上没有丝毫反抗的力量。

但是他们说，我还有很多能量和很长的生命要走。我脑中有那么多的想法，灵魂里有那么多的梦想，可是在这巨大的绝望面前，这些想法和梦想，还有什么用呢？

再见玛尔塔，代我向你的父母问好。请深深怜悯你可怜的老师吧。

你的老师

1929年7月1日

玛尔塔·阿芭小姐

旺多姆酒店

旺多姆宫1号

法国　巴黎

1929年7月1日　柏林

我的玛尔塔：

现在是早上九点，我刚收到29号你给我的留言。你现在先不要着急给博莱赛①任何回复。你在巴黎现在最重要的事情是面对他们给你提出的不可思议的价码，要认真地想一想什么是对你最好的选择。我觉得，你需要稍微采取些策略，用他们惯用的那种伎俩，那种模棱两可的暧昧态度来吊一下他们的胃口，让他们如坐针毡。这是达波里奥②常用的方法。他那个老狐狸我再清楚不过了。

至于托莱给你的信，如果是我，我会这么回复他：

---

① 博莱赛（1873—1937）：意大利戏剧经纪人和评论家。

② 达波里奥：生卒年不详，达波里奥剧团创始人及负责人。

“尊敬的先生：

达波里奥先生想让我读的那部美国戏的本子我在罗马听人谈起过。从我的角度看来，我并不认为这部剧在意大利能卖座。尤其是这部戏的女主角，你让我特别考虑的，我认为如果是一个特别平庸的女主角来演的话，可能真的不能尽如人意。

当然这个项目不是我的，我只是表达一下个人想法。

祝好

玛尔塔·阿芭”

我不知道你是不是已经回复了，或者是不是这样回复的。但是我认为这样的回答是最合适和最明智的。

我跟你说实话吧，你出发之前和博莱赛谈的那一次，我就不认为能够谈出什么好结果，后面发生的事情更是完全出乎我的所料。我认为他做事的方法大错特错。他应该先了解你的想法然后再去和剧院谈，而不是简单告诉你剧院能给你开出什么条件。这之间的差距太大了，他知道这样的情况后至少还可以做个中间人，你这里减一点，剧院那边加一点，或许还能达成个一致。但是他没有，他直接就把条件给你看，不给你一丝一毫的还击的余地，这么做是不对的，这个服务太差了。

而且博莱赛信里的一些表述也让我很不舒服，似乎他们还想继续压价，这正是达波里奥的手段。

我们见面时候再详谈。之前我已经在电报里告诉你，我 4 号十七点会到，也就是下午五点。我会带着行李直接去旺多姆酒店。你看好奇怪，我在 30 号给你的信里面说的跟今天收到的你的信里想的一样。你是我一直挂念的人。我在出发前还得见撒特尔①一面，因为我需要一直与他保持联系，就算回柏林以后也是一样。我估计我最晚 15 号就得回去。我们还有很多事情要谈。而你，玛尔塔，不要多想，不要担心。我面前有一张你的相片，你正向上看，笑得那么高贵。玛尔塔，你应该保持这个微笑。

你看见周六的《晚邮报》上关于尼柯德密剧团的消息了吗？我会在给你发电报的时候给你带一份。

再见，我的玛尔塔，我们周四下午五点见。送上我最诚挚的祝福。

你的老师

① 撒特尔：生卒年不详，德国作家。

1929年9月13日

玛尔塔·阿芭

卡亚佐路52号

意大利　米兰

1929年9月13日　柏林

我的玛尔塔：

昨天早上我的火车一到站，我就看见兰茨在车站等我。他立刻就把你的电报给我了（没有你的签名）。电报上你跟我说了奎利奴斯电影公司的事情，然后我也很快地就给他们电报发去了我的地址。但是直到现在，现在是下午的四点半，我还没有收到任何回复。兰茨没有给我安排任何会见，因为他不想在未和我沟通之前就帮我做决定，他怕我不喜欢。现在我在酒店里。跟你说，这地方真让我感觉到家了一样，所有的工作人员都认识我，把我照顾得细致入微，而且还很尊重我。这地方不便宜，我知道，但是位置好极了，安静但又不无聊。我本来以为没有必要来这里呢，因为我很快又要动身去俄国或者意大利。不管怎么说，如果有变动，我都会第一时间告诉你。

漫长而无聊的旅行让我疲劳不堪，晚上也几乎整夜无眠。我昨天晚饭后就躺上床了，但是因为太累我根本睡不着。我想今晚可能也是这样。我现在头疼得不得了。但是总会熬过去的。

我又在一本社会主义者的报纸上看见菲斯特的一篇攻击我的文章。文章里他指责我到处抱怨和诽谤他，他说我不诚实，说我作弊了。还说不是我与他断绝交往而是他断绝与我的联系，因为我的戏在意大利、在法国以及在全世界的任何一个地方都已经卖不出去一文不值了。文章里都是诸如此类的论述。这篇文章几乎惹恼了这里的每一个人，所以说起来，这篇文章给他自己造成的负面影响要远远大于给我造成的伤害。但是他通过指责我的抱怨，他就可以破坏我们之前的约定，我的那个部分大概是两千马克。他想借此中伤我，和我打官司，好阻止我的戏下个季度在德国的演出。

这两天（昨天晚上十点到今天的两点）我和兰茨一起在我的律师那里寻找应对的方法，避免我的戏受到影响。弗兰肯斯坦希望这个方法能够奏效，但是他也并不是很确定：菲利克斯·布洛·厄尔本公司的韦德现在不在柏林，他下周二前会回来。弗兰肯斯坦觉得我们需要和他达成一个协议，这样我的戏的上演就不会受到影响了。

现在这场相互的口仗已经打响了。我对自己赢得最后的胜利充满了信心，菲斯特一定会在公众的舆论中一败涂地，无地自容。他知道他赢不了，他知道他说的都是谎话。他这么做只有一个目的，那就是像个疯了的歹徒一样伤害我。事实上他就是疯了，他已经没有任何作为人的尊严可言了，他将他的尊严踩在了脚下。好了，我们不说他了，太恶心了。

我还不知道我什么时候要出发去俄国，因为我还没有见到马里亚诺夫。我会在今晚《阿伊达》的演出上见到他。里格利现在也不在柏林，他们告诉我他现在在意大利，在都灵，但是很快就会回来。最近我得知《今晚我们即兴演出》的草稿已经被翻译成德文而且尽快就会出版了，很快他们就会给我付钱了。

其他没有什么新的消息了。

我焦急地等待着你的来信，告诉我你的近况，告诉我筹建剧团的事情有没有新的进展，和马卡奇谈得如何等等等等。我的心思和思想全部在你的身上。柏林这里这个季度新上的戏几乎没有一个获得成功的，我会尽力找些好消息告诉你，如果有的话。给我写信！我希望明天我能够心平气和地重新开始工作。你记得去剧团看看，好好照顾好你自己，天天开心，不要想得太多。代我向你的父母问好。送上我最诚挚的祝愿。

你的老师

1929年10月1日

致玛尔塔·阿芭

卡亚佐路52号

意大利　米兰

1929年10月1日　柏林

我的玛尔塔：

我先给你父亲回信，信上我告诉他鲁杰里是怎么说的，我知道你一直很关心这个结果。我还收到你妹妹切莱的一封来信，和你爸爸的信一起送来的。

从切莱的来信中，我能看出来，你虽然回去了，但是并没有得到很好的休息和照顾，至少不如我们所愿。这让我如坐针毡，这让我牵肠挂肚。你肩上压的担子太重了，重到榨干了你的能量。我的玛尔塔，你要坚强一些，保持好的涵养，而不是……但是我对你有信心，我知道你一站上舞台，就会重拾力量，站在观众面前接受着他们热烈的掌声。我们需要一腔热血！你现在需要扫清筹备阶段所有的阻碍，疲劳会过去的。只要工作在那里，就会带来劳累，但是这好过于无事可做。相信我，熬过现在你会取得突破的，你会重拾自己，耐力十足地继续向前跑去。

关于艾劳德的事情，我很后悔自己当时那么紧张和担忧影响了你，不过你的爸爸叫她作“母猪”，真是太绝了，她真是一群猪里的母猪。我还在等她的消息呢，毕竟她现在不得不赶紧想办法去弥补那个四千块钱的骗局。

好了，不说她了，避免让我们自己也感觉到浑身不自在。

我在《拉扎罗》上演的那天跟你说的事情你记得赶紧告诉我，因为有可能，如果维尔佳妮[①]真的要结婚了的话，那么那部戏演出半个季度的计划就会泡汤了。

佳迪的回信上怎么说？他给你回信了吗？现在这个时候剧团应该都组得差不多了，我们等着努利遵守他的诺言给我们发个演出剧目的单子。你们的预算够用吗？我希望够用，但是怕你们不够用。

我在这里跟这些讨人厌的律师、出版商、剧院经理们纠缠呢，真是让人头痛。

雷恩哈德特[②]，自从他的兄弟去世以后，就像个无头的苍蝇，什么事情都做不好，什么事情也不想做，原本约我和韦德的见面也不断地被推迟。马里亚诺夫又去了德累斯顿，我现在还不知道什么时候去俄国。我只知道，莫斯科那边已经开始排练了，其他的就不知道了。没多少时间了，我感觉紧张到窒息。我知道十月下旬我还要有事回意大利，这里的事情必须得放下。哦，我

① 维尔佳妮（1895—1989）：意大利二十世纪初红极一时的女演员。

② 雷恩哈德特（1873—1943）：戏剧导演、演员、出品人。

的玛尔塔，我真的快不行了。

或许……或许我需要点平静。是的，我需要它，而且我会得到的。我还要为我的玛尔塔写喜剧呢。我正在写，我觉得进展得相当不错。对此我很满意。啊，如果真的有人能理解的话，这就是我的生活。但是别人懂不懂我，我一点儿都不在乎。我只在乎你，我的玛尔塔。明天见。

你的老师

1929年11月4日

玛尔塔·阿芭收

翁贝托王子剧场

意大利　帕维亚

1929年11月4日，维也纳

我的玛尔塔：

昨天晚上，在经过二十四小时的长途旅程后，我到达维也纳，并发现法斯图[①]在海勒美术馆的展览推迟到10号举行。幸

① 法斯图·皮兰德娄（1899—1975）：意大利画家，罗马学派代表人。皮兰德娄的儿子。

好我不是专程来给他的展览捧场的，要不你可想而知我会有多么生气。还是昨天晚上，和以前每次长途跋涉过后一样，我和你的巡演经纪人劳特斯泰恩谈到凌晨一点半。是他来火车站接的我。他希望以后能以我们的名义授权给他，由他全权负责这次巡演，也就是我们任命他为执行经理。我还是稍微费了些口舌才让他答应巡演期间要支付给我们每天最少五千里拉的差旅费。他将从的里雅斯特[①]开始接管玛尔塔·阿芭剧团。在他的计划中，这次巡演的路径相当长：布拉格、维也纳、布达佩斯、德国，然后是荷兰、丹麦、瑞典和挪威。当然，每一站他都要保证我俩的旅行和生活费。他提出我需要全程出席巡演的活动，但是我向他明确了，这次巡演是玛尔塔·阿芭和她的剧团的，我最多只作为临时嘉宾出席部分城市的活动。明天下午五点钟，在维也纳的皇宫，将会举行大型的记者招待会，我们的巡演也将终于正式开始。如果一切如预期的那样，这将是一次盛大无比的巡演。6号早上我从维也纳出发，当天晚上十点一刻就可以到柏林。明天早上我和意大利的大使奥利提一起用早餐。昨天晚上我已经见过了卡斯蒂伊奥内伯爵，就是那个百万富翁，还有伊塔洛·靳加莱利，都灵报在维也纳记者站的负责人。今晚我要去莱蒙德剧院，

① 的里雅斯特：意大利北部城市。

去找帕莱姆博格[1]谈谈。帕莱姆博格最近出演了莫纳尔[2]的新剧《一二和三》，但是反响并不好。明天晚上，两位诺伦多尔夫广场剧院[3]的负责人约了我，要谈协助韦德金德[4]喜剧上演的事宜。你以后也会和他们合作，这个消息很快就会公布于众。我太累了，感觉勉强才能站稳，我自己能感到自己快要倒下了，而且是一蹶不振的那种，但或许那会是我人生最美好的一段时光。当然现在一切都没有问题，只要我还站得起来，一切都会正常地运转。你不必为我费心。这些都是我应该做的，而且要为此付出生命的事情：这是我的命运。这样挺好，也应该如此。上帝只需要让我看到你在艺术之路上众星捧月，成功加冕就可以了。你就是为了聚光灯而生的，而且必将闪烁万千光芒，而我就可以在你的背影下渐渐消失没有踪迹。

我们的老朋友卡尔·梅英哈德在维也纳给我准备了极大的欢迎派对，我们很有可能周四一起回柏林去。今天下午五点，我和

① 帕莱姆博格（1877—1934）：奥地利演员、歌手。

② 莫纳尔（1878—1952）：匈牙利裔小说家。

③ 诺伦多尔夫广场剧院：位于柏林舍嫩贝格区的诺伦多尔夫广场，建于1905年，作为剧院和音乐厅使用，采用当时时髦的新艺术运动风格。从1911年起，又增加一个电影院。

④ 韦德金德（1864—1918）：德国作家、剧作家。

他约了在小酒馆里先见个面，然后我们俩一起去皇宫。他们给我分的房间就是你之前住过的那一间。维也纳的床真是舒服！但是我昨天晚上睡得太少了，我还没完全睡着，天就已经蒙蒙亮了。早上九点劳特斯泰恩就来找我，又继续说巡演的事情。他今晚七点还要再来。我到了柏林再给你写信吧，估计那时我就能收到满是你的香味的信了。好好照顾好你自己，天天开心并保持精神的平和，或许你可以时不时地想想我。

你可怜的老师

1930 年 2 月 27 日

玛尔塔·阿芭收

卡亚佐路 52 号

意大利　米兰

1930 年 2 月 27 日　柏林

费德里克·威尔海默街 13 号

我的玛尔塔：

我又一次坐在这张小桌子前面了，面前又是你的照片，还有你常用的那只小闹钟在滴答滴答。房间的窗户是开着的，外面就是路佐广场，零星的路灯照着的广场像是闪烁着星星的夜空。远处，忧伤的运河在海格力斯桥下静静流淌，还有一些大树只留下黑乎乎的身影。

为什么我又回到柏林来了？我不知道！我一点都找不到原因。但是我不想跟你说我现在的精神状况。

我是今早九点到的，坐了那么长时间的火车实在累得不行。整个晚上我都躺在车厢长沙发里面辗转反侧，整个晚上，我一分钟都没睡着。一下火车，就看见好兰茨来火车站接我了。路上他把最近发生的一切都告诉我了。但是现在柏林很多戏团剧院，包括电影放映所的情况都太糟糕了。已经有六个剧院倒闭关门了。还有其他的，例如哈尔屯格的复兴剧院，还有诺伦多尔夫广场剧院，也是国家剧院，现在都处于危机中。杰斯勒①被赶走了，还带着五百万马克的赤字，巴诺斯基的三家剧院都已经到了倒闭的边缘。莱茵哈德②现在还在艰难地往前走，因为他只有一家剧院。

在小城市里的情形好多了。在科尼希堡③上演《今晚我们即兴演出》取得了巨大的成功。这部剧的名声现在已经在全德国家

① 杰斯勒（1878—1945）：德国演员、剧团导演。
② 莱茵哈德（1873—1943）：奥地利裔演员、导演。
③ 科尼希堡：德国城市。

喻户晓了。我 4 号晚上就去科尼希堡，5 号全天都待在那里，6 号返回柏林。他们在那里给我安排了盛大的庆功晚宴。与此同时，这部戏在法兰克福的排演已经紧锣密鼓地开始了。

下个月 10 号我可能要去一趟巴黎，然后我会在那里待上一阵子。现在我所有的旅行都要去远一点的地方，否则我无法得到平静，只有在远方我才能稍微平和一点。巴黎、纽约等等，我要去世界的另一边，去赚钱，赚很多很多钱，去战胜怀有敌意的命运。在战胜命运之后，我只会说一句：看，我战胜了。就这样。我得走了，赶紧走，因为没有人愿意看到我在这里。

我焦急地等待着你告诉我最终的决定，在米兰之后你会去哪里，这样我就好把《卖弄风情的女人》第三幕的剧本寄给你。我需要知道你的行程，虽然我不能陪着你，但至少我的思想可以一直追随着你。你是会一直演出还是呆在家里呢？为了避免你收不到信，我得告诉你这封信我还是寄到卡亚佐路了，或许你可以告诉我你希望我寄到哪里。

求你给我回信，除此以外，我别无所求。

你的老师

1930 年 3 月 1 日

玛尔塔·阿芭收

卡亚佐路 52 号

意大利　米兰

1930 年 3 月 1 日　柏林

周六

我的玛尔塔：

我今天应该收到你的第一封信的，至少有那么一段时间我很确信现在手里能够捧着你的信。但是打开这样一份用你剧团的信封包好的信，只有两封你爸爸写给我的，却没有一丁点来自你的只言片语。我已经给你写了两封信了，这是第三封，这几封都是寄到卡亚佐路的。我不知道你是否已经离开了那里。我还给你寄去了一份德国报纸，第 306 页上面有一整页你的照片。上面的你美极了。我不知道为什么他们要在下面加一句“来自南方的黝黑美人”，这张照片上你看起来一点都不黑。你的眼睛真美。我希望你能收到这本杂志，我是用挂号信寄出去的。今天早上我去吃早饭的路上，照常买了份《晚邮报》。今天我买的是 28 号周五的那份。你知道吗，真是个惊喜，我竟然在戏剧列表中看到了《如你所愿》，之前我一直以为要上的是《壁炉的呐喊》呢。这就说明《意大利人民报》上之前登的消息是错的。而且极有可能这部戏会重新上演，就像你之前说过的那样，要一直演到周日。若是这样就更好了。我说这些不是为了我自己，而是为了你，都是为了你，我的玛尔塔。我现在关注的所有事情都是你，你是我在这愁苦世间唯一的牵挂（我愁苦也都是因为不能在你的身边），我要穷尽我所有的气力让你的梦想得以实现，让你成为你的命运的主人，无论是你的艺术追求还是你的生活。玛尔塔，你现在所有的演出，都是本色出演，都是你灵魂最真实的存在，不是什么造作肤浅的表演。在我们的这部戏中，也是我们最真实的体现，你的父亲是我，是我将你亲手塑造，你是我的小女孩，你是我的宝贝，你是我所有的希望。我将我的生命赋予你，你是我全部的生命。还有一个事实，我一点儿也不老，我还很年轻，我比所有人都年轻，在思想上，在内心里，在血液中，在肌肉和神经里。他们如果否认我所叙述的事实，那么他们自己就在说假话。但是玛尔塔，你知道我所说的都是事实，而且请你一直保持那样的态度。我就是你，是你不可或缺的一部分。如果你不再需要我了，那我便一文不值，什么都不是，活下去对我来说都相当困难。

今天下午四点半我要出门和别人谈谈我自己在德国的一些事

情。科尼希堡的演出太成功了，他们还要继续演一个月。这真是闻所未闻的事情，尤其还是在一个小县城。往常一部剧在县城里演七八遍已经少见，这次我的戏已经演了一个月，他们还要再加一个月。但是我更关注的是他们打算如何对待《各行其是》、《皆大欢喜》、《好好想想吧贾科莫》等这些戏。之前我和你说了已经有好多剧院倒闭关门了，现在真是令人头疼崩溃的时刻。很多外国进口的片子过来对我们的影响真的很大，尤其是美国人的片子，只不过普通大众们对此漠不关心罢了。

吉诺·洛卡①给我写信说他接到了罗马政府的邀请，希望我和他一起去谈谈关于作家协会的事情。我今晚就会给他回信说我觉得他一个人可以搞定这些事情。我已经全权授权给吉诺处理一切关于作家协会的事宜，还附上一封我的亲笔请愿书。就由他自己去和罗马方面解释吧。在离开意大利之前，我在米兰就已经和吉诺深谈过，对于我的托付他是清楚的。当然，如果没有我在精神上遭受的打击以及我现在已身处另一个国度，我和他一起去罗马是更为妥当的，但是现在我看就没有必要了。我的玛尔塔，如果不是你，如果不是你的陪伴，我想我都撑不过来。现在的一切对我来说都已是过往烟云了。我看着你坐在我身边，在我出发的

① 吉诺·洛卡（1891—1941）：意大利记者、作家、剧作家。

那天清晨。那天的天气是那么地好。生活就是一个个瞬间组成的吧……

给我写信，给我写信，玛尔塔，就算写得很短，也请给我写信。告诉我你的一切，告诉我你在哪儿，告诉我你在想什么，告诉我你在做什么……其他的我都不想知道！请一定珍重。

一直爱你的老师

1931年4月1日早上

玛尔塔·阿芭收

玛尔塔·阿芭戏剧团

菲奥伦蒂尼剧院

那不勒斯

1931年4月1日 巴黎

维克多·埃马努埃尔三世大街5号

我的玛尔塔：

谨以此信热烈欢迎你来到那不勒斯。我还想告诉你一个好消息。今天早上我收到美国方面发来的电报，电报是这么写的：

“我们已确认电影《一如从前》的最终成交价格为12500美元，电汇方式支付，即刻到账。祝好。”

当然，我立刻回电报表示接受。12500美元相当于25万里拉。你看，这才刚刚四月，今年一百万的目标就已经近在眼前了。要知道我还什么都没开始做呢。我们还会有更多更多的收入，非常多的收入。但是我做这一切并不是为了那些收入，我做这些，都是想让我亲爱的玛尔塔能够尽情展示她灵魂里伟大的东西，能够实现我对我的玛尔塔的期望与期待。仅仅因为这小小的心愿，一百万里拉的收入找上门来，仅仅因为这小小的心愿，我离开了意大利并一直孜孜不倦地勤奋工作。这么想来，让我远离你这巨大的折磨也显得不那么令人难以承受了，虽然我看不见你的笑容，听不见你的声音……但是我有你的信，信上你说你是我的玛尔塔，信上你说你很快会来看我，至少现在，这些对我来说已经足够了，我已获得了充分的力量继续我的工作。人若想做大事，那么必定要付出努力，现在的你我就是如此，我远走他乡，而你在你伟大的道路上独自坚定前行。你想想这些，玛尔塔，用你的知识武装好自己，不要让那些无名鼠辈伤害到你。玛尔塔，你要知道，你生来就注定不平凡，你会做出伟大的事情，上帝也派你到我的身边来，用你年轻的气息赐予我灵魂创造新事物的不竭动力。不用理会那些无法认清这一点的人们。我们自己的判断才是最重要的。你何时见过美丽的仙鹤俯下身来询问母鸡的意见的？仙鹤是不会被母鸡的撒泼耍赖影响一丝一毫的。或许仙鹤飞得太高，并不知道世界上还有母鸡这样低微的生物呢。可是你瞧瞧，在意大利有多少无知的母鸡啊！有不少母鸡还能在报纸上叫唤几下呢！走开，走开，离他们远点，远点。

我现在手头的工作进展顺利，可以说《高山巨人》会是一部震惊文坛的巨作。但是现在还不是读给你听的时候。你过来找我的时候我想我就能完成它。我在巴黎好好休息了一阵，现在我又重新活跃起来了，最近我和阿拉蒂尼一直在忙着拍电影，同时我们还有很多关于去美国巡演的事情需要考虑，那场面一定盛大无比。今天下午一点，我们要开个碰头会专门谈此事，明天我会向你报告进展的。我把这封信寄到菲奥伦蒂尼剧院，这样你一到就可以看见了。我希望明天能够收到你的信，你从罗马寄出的最后一封信。记得在信上你告诉我你在那不勒斯的地址。如果我没有收到的话我会给你发份电报，回电的钱我也会一并付掉。可能会有个年轻人去找你，他叫坎塔莱拉，他写了部戏我觉得非常适合你。在我看来，坎塔莱拉在戏剧方面真的是有过人的天赋，我认识他已经好多年了。请你好好接待他，并耐心读一读他的作品，我知道你一直都是这样，很可能你会感兴趣呢。还有，给我写信！不要为佩特里乔尼的那些无聊的话语伤神。你要知道，无论发生什么都有我一直爱你。

永远是你的的老师

1931年4月1日晚上

玛尔塔·阿芭收

玛尔塔·阿芭戏剧团

菲奥伦蒂尼剧院

那不勒斯

1931年4月1日 巴黎

维克多·埃马努埃尔三世大街5号

我的玛尔塔：

现在是晚上，我接着早上的继续给你写信。这封信估计要比前一封晚一天到，我没赶上和上一封信一起寄走。我写完到邮局准备寄信的时候，早上的那封已经发走了。你看，他们怎么忽快忽慢的。现在我正发着烧呢。下午我和我们美国巡演的经纪人舒贝特谈了将近两个小时，他现在已经拿到了你的照片，而且还想要更多的，说是好在所有的报纸杂志上做宣传，你之前巡演每天是 3900 里拉的日收入，我的玛尔塔，现在他们开出的价格是每天 600 美金哪，那相当于一万二千里拉呢。除了给你和给我的报酬，我们还能亲自选演员，也就是说另外几个角色由我们自己决定。舒贝特还提出要把你包装成上等人的样子，说要让你看起来就是意大利戏剧界的翘楚，外貌出众，衣着讲究。他希望这次巡演你能大放光彩。我给他看了你的照片，他连呼："很好，很好，很好。"他还说剧团，当然包括你我在内，要在 9 月 10 号抵达纽约开始准备 10 月 1 号开始的巡演。是的，二十天的准备时间并不算长，我们有一大堆的活儿要干。合约有效期是三个月，当然还可以另续三个月。如果在中北美洲的巡演反响好的话，舒贝特还想在拉丁美洲再搞一轮，费用都由他出。那样一来，你每天都有一万二千里拉的进账，而且你从意大利选的几个演员也都有不错的收入。但是这个巡演的具体方案和决定还得我们自己拿主意。你好好考虑考虑我们这次要展示什么，演员选谁，当然要做就做最好的。演员大概要选七名，男女都要，就考虑主要角色就可以了。你会选谁呢？大概你现在就得开始想了。你只要做选择，具体的操作有别人来弄。我等着你的决定。这真是绝好的机会，一次完全的胜利，让你今年的美梦成真。你等着吧，等这个消息被报道出来，你看那些无知的评论者们又会着急上火成什么样儿吧。但是我们完全不用理会这些没有品位的家伙，我们只需要一直向上看，向前看，集中所有的力量把手上的事情做好，这才是值得的，我的玛尔塔。通向伟大的大门已经打开，你已迈入这扇大门，像女王一样！我非常高兴，我为你高兴。

我今天一整天都在等你的信，你离开罗马前写给我的最后一封信，但是到现在都还没有收到。我想可能晚一点或者明天就能收到吧。我给你发一份电报，这样你可以告诉我你在那不勒斯住在哪里，我还是把这封信先寄到菲奥伦蒂尼剧院吧。祝愿你们在那不勒斯的演出季圆满成功，而且我很确定你们的票房一定喜人。好了，明天再说吧，玛尔塔。我得赶紧停笔了，因为已经挺晚的了。我只能晚一点再给你寄去了。请一定保重身体，天天开心。我对你的爱永无尽头。

你的老师

1930年4月2日

玛尔塔·阿芭收

圣·露琪亚酒店

意大利　萨勒诺

1930年4月2日　柏林

我的玛尔塔：

我终于收到你30号周日寄出的信了。我还躺在床上，生着病，浑身无力。我觉得现在告诉你，你信中的那些话和你所表达出来的恶意对我造成了多大的痛苦已经没有任何意义了。我满怀急切的期盼收到你的来信，得知你的消息，那煎熬的等待，那折磨人的悲凉，只因没有你的只言片语，没有丝毫暖心窝子的安慰，没有对我的丝毫关心，没有对我写给你的那么多信、那么多话的半点反馈，都让我伤透了心。你甚至没有告诉我你是已经收到了《卖弄风情的女人》，你什么都没说，你什么都不告诉我，这是完完全全对我的漠不关心，好像我给你写的那些信，你一封都没有读过！只有现在，带着直刺入我灵魂深处的嘲讽语气，你问我是否因为你在那不勒斯的所作所为而满意。你带着那么恶毒的语气，让我费解，我只不过因为远离你想知道你的近况。你认为你偶尔写给我的一两封信，那些毫无真情实感只是糊弄我而写的信，我感受不到吗?!（我只不过从未因此责怪过你罢了。）我亲爱的玛尔塔，这些我都感受得到，而且因此感到深深的痛苦。这些折磨都是我默默承受着，你却是我不想承认的始作俑者，是你让我痛苦。现在你可以相信，我可以放开你了，你完全可以抱怨，抱怨我不写给你完全找不到其他人看我的信了。你放心，我还是有人可以写信的，我会写给曾经的那个玛尔塔，那个我给她写信写了很久的玛尔塔，那个给予我尊重的玛尔塔，那个这个地球上最高贵最美好的玛尔塔。

除了这些，我不知还要和你说什么了。我的软弱都在这里。我觉得我这次真的完了，我不知道我是否还能从这张床上坐起来。

永别了。

你的老师

1930年5月1日

玛尔塔·阿芭收

棕榈树大饭店

意大利-西西里　巴勒莫

1930年5月1日　柏林

我的玛尔塔：

今天是五月一日。在意大利终于没有人提起我们。但是这里，这个所谓的民主社会共和国：大范围的罢工，店家全部关门，一份报纸都看不了。还有一年，在居民聚集的住宅区，还有人从家里的窗户向外开枪，那次死了大概二十个人。恐慌持续了好几天，是共产党人报复警察的行为。谁知道今年会不会有类似的事件发生呢……我呆在家里没有出门，一直在工作，正好也借机从昨天的劳累中缓缓。我要回复的信件已经堆得像小山一样高了，但是我真是连看都不想看。哦，我的上帝啊，我现在每个月付给兰茨两千里拉，他真是好极了，这点工资不能算多，但他从早餐到晚餐都一直陪我，把我服侍得服服帖帖。复活节的时候我还给了他一百马克的过节费（相当于五百里拉）。当然我还会给他这给他那的。他不应该觉得少。但就是这样的一个棒小伙，居然一点儿意大利语都不认识，不能帮我分忧，去回复那么多需要回复的信件。如果我真要他回复的话，他倒会要求我先给他用德语说一遍，我的德语最近倒是灵光多了。你说我请这样一个人做我的助手，是不是太亏了，我付了那么多，却只能在德国一个国家管用。他说他要学习意大利语已经一年多了，可是到现在连元音都还没有开始学。

现在到欧洲来的美国人越来越多了。前些天帕拉蒙特公司的总代表劳斯基先生到巴黎了，他过几天就会到柏林来。他在巴黎的时候给我发了电报，和我约定在柏林见面的时间。这次我们会讨论一部新的剧本，我建议邀请奥托·卡恩先生一起加入讨论。卡恩先生是帕拉蒙特最大出资者之一。我想他们两人在纽约应该已经好好谈过了。他们会给我什么样的报酬，让我们拭目以待。但我几乎可以肯定，美国人这次一定又会是大手笔请我出山。另外，我推掉了另一部以“圣母玛利亚”为主题的剧本，因为片方希望我先动笔然后再付钱。我告诉他们，要想让我动脑筋，必须先付两千马克，我才可以勉强考虑四五天。这就是我的价格。而且按照他们的要求，这部戏必须是纯对话的，我至少得要价三万马克。很显然，具体的场景他们还要另外付钱给兰茨和其他人。我想他们后来单独找兰茨谈了写剧本的事。你猜怎么样，他们真是抠门到家，向连头带尾两万马克搞定，还包括一个翻译的报酬。你说我拒绝他们是不是很明智？他们这部电影投资要花八十万马克，他们连三万马克买一个好剧本都不情愿，他们还认为自己很会做生意。你看，真是灾难大集合啊。

我的玛尔塔，我本希望今天早上就能收到你的来信的。但是我没有收到。我希望你一切都好，保重自己。给我写信。

你的老师

1930年7月23日

玛尔塔·阿芭收

恩里克·阿芭小旅店

卡斯伯乔

意大利　宋德里奥省

1930年7月23日

我的玛尔塔：

正如你所见，我是从旺多姆饭店给你写信的，我住在5号套房，去年七月你就住在这里。一切还和当初一模一样。我能想象到当时你在房间里等待的样子。我的手边就有一张你的画像。我总觉得这一秒或是下一秒，你会推门进来。

至少这样我不会感到那么孤独。

今天我是下午十四点三十二分到的。我在火车站看见克莱米克斯夫人和他们的儿子弗兰西斯。克莱米克斯[①]自己没有来，他中午的时候出发去南美洲参加一个拉丁美洲文学研讨会了。这个研讨会要在南美洲转一圈，阿根廷、乌拉圭和巴西。他要到九月底才回来。他的夫人邀请我明天晚上去他家做客，后来也离开了。托雷陪着我到酒店，并且告诉我已经为我安排好和舒贝特[②]的首次见面。音乐喜剧的试听会相当顺利，但是后来那个美国女作家的见面会就不那么顺利了。托雷说她把现场所有的人都恶心到了。其实这笔买卖根本成不了，因为需求和供给实在相隔太远。后来我问托雷为什么要我来巴黎，托雷说他自有安排。当他听说舒贝特想要弄一场小歌剧的消息，他立马想到当时还在米兰的我，想让我们见见面。一开始舒贝特并不想认识我，而且他已经在向两部戏剧的作者询价了。托雷告诉舒贝特，如果他想做和

① 克莱米克斯（1888—1944）：法语翻译家、文学评论家。

② 舒贝特（1871—1953）：犹太裔美国剧院经理、制片人。舒贝特剧院家族七兄妹中最年长的一位。

别人一样的小歌剧，那大可不必和我见面。果然舒贝特强烈要求我来巴黎。你看，我就这么来了。见面的时间是明天中午十二点，舒贝特来旺多姆饭店找我。如果屋里有玫瑰的话，我想它们一定正在怒放。托雷断定舒贝特明天会提做歌剧的事情。我还见到了贝莱斯，就是你去年在巴黎认识的那个年轻音乐家，他的音乐很不错。贝莱斯也认为我和舒贝特的合作已毫无悬念，而且会赚个盆满钵满。不过他说什么并不重要，他又不认识舒贝特。

列塔和斯特法诺[①]去热那亚了，他们在我出发以后就上波西塔诺了。没什么不好的，小两口在出发前又重归于好了。斯特法诺要先把圣地亚哥的小别墅卖了，然后再去找列塔和他们的小女儿。看来他们有定居法国南部的打算，在蓝色海岸线边上，在尼斯。这样其实最好了。

我算着觉得你今天要从米兰启程了，但也可能你昨天就出发了。这里冷得要命，但是我想山里会更冷，我希望你把自己裹得严严实实的。你坐汽车还是坐火车的呢这次？

我要在巴黎待到周日，也许我在巴黎的这些日子都无法知道你的消息。但估计是你不想让我知道吧。如果你不爱我了，那么谁会来爱我？我将向何处去？我将做什么呢？啊，我的玛尔塔，

---

① 列塔和斯特法诺：皮兰德娄的儿媳和儿子。

在人生的巅峰上，在如此辛勤的工作过后，生活终会向你展现她残忍的一面，正如她正展现给我的一样。但是现在我可不愿意让你烦恼。你好好的，开开心心的，好好休息，完全不需要考虑远在天边的我。

你可怜的老师

1930年10月10日

玛尔塔·阿芭收

达涅利大酒店

威尼斯

1930年10月10日 罗马

皮耶蒙特路117号

我的玛尔塔：

昨天早上我刚一到罗马就马不停蹄地赶到戏剧与艺术科学院的总部法内斯纳别墅。尽管我已经非常疲劳了，但我还是强打精神从上午十点撑到了下午两点。我支持的两个候选人参加竞选，但是他们两个只有一个人成功了，乌果·欧叶蒂。当我的第二个支持者，也就是波特佩里进行竞选的时候，马尔蒂尼的支持者们闯了进来。他们的到来搅乱了局面，波特佩里和马尔蒂尼 4 比 4 打成了平局。按规定两个人又进行了一轮投票来决定谁是科学院院长的最终人选。这一次，马尔蒂尼赢得了 5 票，他最后赢了。这其实都是罗马当局的意思，为了让他们的头儿高兴罢了。你看，他们选了个残废军人。

对此我不发表评论。如果你想说我不拦着。

回到家，我收到皮塔路加[①]的一封请柬，他邀请我去观看《爱之歌》这部电影。请柬上还写着“本片改编自皮兰德娄先生小说，将在超级剧院隆重献映”。这真是让人觉得恶心，真搞不懂他们为什么这么做。这部电影也糟透了，一点让人感动的地方都没有，只剩下干巴巴的对白。唯一可圈可点的只能算是摄像还不错了吧，有声的效果也不是那么让人讨厌。但是皮罗图[②]的声音真是太吓人了，嗡嗡的很低沉，让人听着心很乱。电影里面的演员没有一个演得好的，他们都不懂表演，或者说表演得都很业余。电影放映过程中，在黑暗里，我被各处发出的镁光灯照射

① 皮塔路加：生卒年不详，意大利电影人，奇尼思电影公司创始人，该公司制作了意大利第一部有声电影《爱之歌》。

② 皮罗图（1890—1963）：意大利电影演员。

着，因为有三四台照相机不停地对着我拍照，先闪一下，隔一会儿以后照相机居然正对着我的脸了，我感觉我脸上的毛都要被烧掉了。好了，现在所有的观众都认识我了，观众们都很热情，对我表示欢迎。只是我，出于惭愧，不知道怎么回应他们。

今天早上我出门见了一位老友，现在回来了，依然非常疲劳。我的劳累不是身体上的，是精神上的。你别怕，我不会跟你说这些的。我现在心里想的都是你，我每时每刻都在想你，根据我所知道的你的时间表在想你，同时承受着想你的痛苦。你们今晚就要上演《佩内洛普》了吧？还是你已经推迟到明天进行了？请你一定叮嘱利索内把你们这个季度的演出路线安排发给我，威尼斯站以后的时间和地点，这点要求可一点都不过分。

请一定注意身体，保持愉快的心情，并且时刻知道有我在思念你。

你的老师

1930年12月5日

玛尔塔·阿芭收

奥莱里奥·萨菲路26号

米兰

1930年12月5日

我的玛尔塔：

昨天，我刚到巴黎，就得知托雷的健康状况非常糟糕。他好像是因为前段时间的流感而引发了肾炎和坐骨神经痛。所以现在他只能卧床休息，而且在护理上也必须格外小心。他的脸色真是非常难看。希望他能战胜病魔早日康复吧。在这样的一种情况下，他肯定有一段时间忙不了我的事情了。今天晚一点时候我会去见另一位经纪人巴克拉克，去处理我的小说的翻译问题和歌曲小手册的问题。这真的挺麻烦的，至少目前我还没有想出好的解决办法。如果小说的英语译本实在是错误百出完全不能接受，那么我想我们不得不放弃不追究责任的妥协了。我们会找一个公正的人士，必须是个行内人，要是个美国作家，只有这样的人我们才能放心地交给他去翻译。

昨天我见了克莱米克斯，还碰到了杜林[1]。杜林现在每周二都要演《诚实的愉悦》。昨晚他和我说他想演今年的《角色们的游戏》。要为《今晚我们即兴演出》选角色的时候，杜林的剧团认为他太瘦小了，不适合这部戏。今天早上我和克莱米克斯还有他的朋友阿拉提尼一起用了早饭，他现在所有的心思都扑在电影上了。今天晚上我可能要去克莱米克斯家做客，晚饭后我们可能还要去找皮托耶夫[2]。有进展的话我会告诉你。

我也很想知道你最近的进展，我亲爱的玛尔塔。我出发的时候满怀紧张和焦虑，因为我好像让你对于你新戏在米兰的季度演出有了担忧。好在最后你还是来罗马车站送我并且祝我一切顺利了。今天一大早我就跑去买《晚邮报》，想看看你们有没有再次上演《佩内洛普》。我觉得重演大概不错，一切顺利。我还是焦急等待着你的回信。

我这边冷得不得了，而且还下着大雾，真是让人糟心。

我收到波特佩里的一封电报，上面说他昨天晚上也到巴黎了。这样也好，至少我不是孤身一人了。我今天五点和他约了见面。

几天以后我就会有自己的一间公寓，有卧室、浴室和书房。现在是托雷的秘书在用。我住进去以后希望立刻找到工作的状

① 杜林（1885—1949）：法国演员、剧团经理。

② 乔治·皮托耶夫（1884—1939）：法国著名戏剧指导。

态，希望那里能安安静静的。

我总在思念你，我的玛尔塔。求你给我回信，哪怕短短几行也可以。请一定保重好你自己。

爱你的老师

1931年1月1日

玛尔塔·阿芭收

博尼·费曼酒店

意大利　都灵

1931年1月1日　巴黎

维克多·埃马努埃尔三世大街5号

我的玛尔塔：

今天早上我收到了你让人欢喜的电报，预祝我们的心血《如你所愿》在都灵的演出成功。我亲爱的玛尔塔：成功是属于你的。我今天只读了《人民报》①，是他们早餐的时候随着咖啡一

①《人民报》：意大利报纸，报社于1848年6月16日在都灵成立，1983年12月21日停止出版。

起送到我房间的。我还没有读过《新闻报》[①]。其实我不关心《新闻报》上怎么评价我的这部戏，但是我好奇他们这次会怎么写你。《人民报》这次可是给足了面子，说我们的这场戏上演时剧场完全水泄不通，你说会是这样吗？昨天我还收到你爸爸的一封来信，信上说旅馆现在生意很不好，预定的订单少得可怜。你的电报是昨天发出的，上面显示是晚上六点四十分。我想你肯定是下了晚课就给我发了。你说“成功”让我预感这一次一定是场吸引很多观众的演出，轰动全城。也是，如果只是曲高和寡的“成功”，那不能算是完全的成功。再说了，如果《如你所愿》并非是这样一场无法超越，吸引力空前的演出，那么谁会专程赶到都灵来看一场戏呢？上帝希望所有的观众一同帮助你实现多次上演这部剧的愿望。你在表演上面的天赋与才华大家都是有目共睹的，而且要在这个季度在所有人面前展现得淋漓尽致。这是你的能力，无人能及的能力。托雷刚刚从办公室给我来了电话，预祝这部戏能够成功。他还告诉我《新闻报》这次的文章还算不错。让我们期待一切顺利吧。

昨天在我出发的前一刻，我收到克莱米克斯的一张便条，上

---

①《新闻报》：意大利报纸，报社成立于都灵，目前该报在意大利及欧洲一些国家均有发行。该报社现归菲亚特公司所有。

面告诉我他患了流感，正在床上抗争呢。为了我好，他建议我不要上他家了。就这样我和他们一家子一起过新年的愿望落空了。于是我像往常一样自己用了晚餐，晚上九点半的时候回家。晚些时候，大概十点半，托雷过来找我出去。后来他的秘书卡尔维特和宝拉·马西诺小姐又把我送了回来，宝拉是波特佩里的朋友，波特佩里现在正在埃及开会呢。我们一直待到凌晨一点半的样子。十二点的时候，我们开了一瓶香槟，你知道我的，一喝酒，我的思维、我的心脏、我的精神、我的一切都停止了。

你是怎么过新年的？你的倒计时怎么样？你和谁在一起？你们在哪儿呢？你有没有想我？真是奇怪，昨天晚上，我身边的几个人一直在聊天，可是我就是一直听见我身体里面有人在呼喊“老师，老师”，是你的声音，是我亲爱的玛尔塔的声音。当时我下意识地看了看钟，是十一点五分。好吧玛尔塔，说不定当时真的是你在呼唤我，因为意大利和法国之间有五十五分钟的时差。所以巴黎这里的十一点五分，正好是意大利的零点。所以你在零点的时候想我了，对吗？可能你昨天下了晚课后就回到你的小房间休息了。我希望你知道，昨天晚上十一点五分，我真的感应到你了。

我最近不怎么好。我瘦了很多。最近五天我一直被血液循环的疾病困扰着，我有二十年没犯过这毛病了。就这几天我失了好多血，身上一点力气都没有。如果继续这样的话，看来我得找个医生好好看看怎么止血了。好了，不说了，就说这么一点点。我希望你的祝福能够给我带来好运我的玛尔塔。请多多保重。

爱你的老师

1931年3月2日

玛尔塔·阿芭收

卡福大酒店

意大利　佛罗伦萨

1931年3月2日 巴黎
维克多·埃马努埃尔三世大街5号

我的玛尔塔：

我收到了你27号的来信。读着你的信，我都能感受到你一定是在极度疲劳的情况下给我写的，你可能边写着，眼睛就不由自主地要合上了。看来你前一天晚上没有睡好。请你告诉我，我猜得对吗？你是不是26号到27号的晚上没睡过或者睡得很少呢？我跟你说这些不止是因为我的好奇心，更重要的是我非常关心你的健康。你要知道，如果你不通过良好的睡眠来储存体力，过度的劳累会让你的精力大大减退，到时候你会发现自己的脾气特别暴躁，而且浑身没有力量。我感觉你现在就处在这样的糟糕状态中，至少我从你的信里能感觉到。你没有跟我说你失眠、你疲劳或者你心情烦闷，但是从你的字里行间我都体会出来了。我想知道我的推断对不对。

我把下周二和施瓦茨国际公司签约的事情推迟了，我还是觉得谨慎点好，我也不想犯上次的错误。这一点你提醒过我！这次我觉得不会很糟糕，因为我已经问过律师了，他也给我提供了一份合同范本让我先看看。这份合同只有一年的有效期，而且只有在我当年的净收入达到一百万里拉的时候，才续下一年的合约。在这样的条件下，我当然可以同意律师建议我签署的条款了。而且这份合约，我之前跟你说过的，只包括了电影和文学，戏剧演出是不包含在里面的。你要知道，在纽约，戏剧可是铆足了劲儿向前顺风行驶的帆船。美国编辑道顿，去年 12 月 31 号特地来巴黎找我续签之前的合同，当时就预付了三万里拉。今早我收到他的电报："已欣赏《如你所愿》。绝妙的作品。向您表示热烈且由衷的祝贺。"现在这部剧已经从去年 11 月开始连续上演了四个月了。在纽约也已经上演一个月了。在纽约的首演是 1 月 28 日。他们还会上三部我的戏，第三部是我马上就要写完的《高山巨人》，这可是我的杰作，你等着瞧吧，我的玛尔塔，等着瞧……

他们要为你在莱西姆剧院搞庆功会我真的很高兴，他们之前也邀请我去来着，想让我在会后搞一场关于西西里的研讨会。但是他们的邀请寄到罗马去了，到我手上已经太晚了（当然，我也不会接受邀请的）。只不过没有回复毕竟不太礼貌，虽然我也不是第一次这样了。你即将读到的我的中篇小说《寂静之中》，它将收录在《一年里的故事》第四辑第一篇（我真是迫不及待想要读给你听）。我也将这篇小说的名字确定为这一辑的名字。你一定要找一个架子把我的都收集起来，我想你那儿肯定有一些连我自己都没有的我的手稿。我希望能尽快收到塔西纳里[①]小姐跟我提到过的那本杂志，这样我就能多知道一点你的消息了。我希望关于克里奥佩特拉的事情已经都谈妥了。或许你妈妈会给我回信，她会告诉我你的消息。你们在奥莱里奥·萨菲路的房子是 26 号吧？我可不想弄错地址。如果妈妈有时间的话，可否请她帮我看看最近有没有人给我寄信？好了，明天再说吧。我要回去

① 皮娅·塔西纳里（1903—1995）：意大利女高音歌唱家。

工作了，对此我真的非常高兴。我感觉在工作中我可以离你近一点，尽管你极少在我身边。请你一定要时刻记挂着我。

爱你的老师

1931年6月1日

玛尔塔·阿芭收

奥莱里奥·萨菲路26号

意大利　米兰

1931年6月1日 巴黎

维克多·埃马努埃尔三世大街5号

我的玛尔塔：

我几乎整个晚上都没睡着，心里惦记着你从罗马到米兰的行程。昨天中午我收到你的来信，得知你要在中午离开那不勒斯。我猜想，你得在罗马从下午四点等到晚上八点四十五，然后从罗马乘坐夜火车回米兰。你折腾这么一圈，应该在今天早上不到九点的样子回到家了吧。我看见你进家门了，当然是在脑子里幻想的，我还想到你和你的妹妹一起庆祝你的归来，一家人看起来都非常开心。

但是这快乐的场景距离你正在读的这封信，已经过去两天了。我现在脑袋因为缺觉晕晕乎乎的。我还写了篇文章，随信一并给你寄去。我想我这篇文章已经把你想要表达的东西都说清楚了。我不知道是否合你的心意，但是你可以随意修改，增减，只要你觉得更好。教育部长巴尔比诺·朱利安诺说的话我还是没有找到合适的方式加到里面去，因为如果非要引用他的话，那就只能按照他的说话方式来写，但是我实在不会照他那样说，可能你能找到更好的解决方法吧。关于文章的事情，就说到这里，我觉得已经很清楚了。

我还收到奥托·卡恩[①]的一封信，他现在应该已经出发回美国了。他给我写了一封热情洋溢、充满感情的信，信中他坦承美国现在正处在一个艰难的时刻，他说等他一到纽约就会和舒贝特继续沟通你的巡演的事情。卡恩的话一定会影响舒贝特做决定，咱们现在可不能再拖了。舒贝特在巴黎的代表马克斯先生，得知这封信的内容后很是高兴，他很肯定今晚纽约方面就会做出积极地回应。

但是我希望你，我亲爱的玛尔塔，希望你现在什么都不要

① 奥托·卡恩（1867—1934）：银行家、收藏家、慈善家、艺术赞助家。

想，不要去担心，你只需要从刚刚结束的演出季中好好休息，慢慢调整过来，什么都不要担心，也无需有任何疑问。需要考虑的事情由我们在巴黎的人来考虑，需要去做的事情由我们来做（我当然希望快点儿来活儿让我们干起来）。你很快就会发现你已经走上了一条新的大道，我允诺给你的东西，我一定亲手交到你的手上，一切都会按计划进行的，该来的一定会来。所有的意向、合约我们都在谈，我们一定会争取对你最有利的条件。我一天又一天地等待着，期待着有一天你兴高采烈地告诉我："我明天就出发了！"但是这个"明天"到底什么时候来呢？或许真的是明天呢！

好了，就说到这里吧，我撑不住了，我得去沙发上躺着，看看能不能眯一个小时。现在我每天晚上都失眠，再也无法像以前那样睡觉了。明天，我等着你回到米兰以后给我寄来第一封信。不过周四、周五的时候也没有关系。你多和我说说你的事情，多说说"我的玛尔塔"的事情，我的玛尔塔知道我对她的爱是没有尽头的。

玛尔塔的老师

1931年7月16日

玛尔塔·阿芭收

奥莱里奥·萨菲路26号

意大利　米兰

1931年7月16日 巴黎

维克多·埃马努埃尔三世大街5号

我的玛尔塔：

你走了之后，最让我感到痛苦，感觉完全是噩梦的就是和科林的谈话了。看着你乘坐的火车渐渐远去，我感觉我的双腿都失去了力量。我感觉我就应该很自然地瘫倒在地，然后长眠不起，但是我还是被拉去科林家去和他说一些已经说了千万遍的事情，我真不知道意义何在……回到家我收到一封阿拉蒂尼的电报，电报上说："银行通知我因为假期缘故，确认函可能稍有滞后，估计周五能到。祝好。"这真是笑话了，如果银行真的这么通知了他，那么银行的总经理早就应该告诉我了。这是他的缓兵之计，他指望这样就可以牵着我的鼻子走。我会弄清楚这到底是真是假的。如果银行经理告诉我这封电报上面的事情子虚乌有，而阿拉蒂尼又跟我说了谎，我肯定会采取行动的。我会通知我的银行向对方的银行催款，这样一来阿拉蒂尼就没有选择了，他要么付钱，要么就被当作诈骗犯关起来。我不会对他手下留情的。10号的时候，科林也离开巴黎了，我终于有时间好好沉溺于你离开之后我所感到的痛苦与孤独了。我感觉自己看到了你，远远的，在火车上，在漆黑的夜里……我躺在沙发里，一动不动，享受着这精神上的宁静。我如何才能再次站起来呢？只能是你给我力量了。我将我的心我的情全部交付给了你，给了已经远离的你。我必须这么做，不是为了我，而是为了你，只有这样，我才感觉我能够勉强地继续工作。我希望早点找到一间公寓，现在这间太死气沉沉了。我得抓紧时间，我得好好工作，只有工作才能拯救我。

还有你，我的玛尔塔，你也不能浪费时间。你现在最着急的就是要找一个英语老师，和她一起到海边到山里，你需要在一切开始之前赶紧振作起来，调整好状态。那你要把你丰富的灵魂和无限的爆发力展现给现在的剧团看。时间会帮助你获得力量，而不会消磨它。让你的英语老师陪你去沙滩上晒晒太阳，或者到山里清静清静，总之你喜欢去哪儿你们就去哪儿，让你的耳朵习惯这门新的语言，也让你做好迎接新生活的第一项准备。我尽快将《如你所愿》的英文台词发给你，还有美国版的剧本。你放心，我正全力以赴为你去美国的巡演做准备，艺术方面的、资金方面的、生活方面的，你统统放心。我的玛尔塔，你放一百二十个心。只有你高高兴兴的，我才能在没有你在身边的痛苦中继续坚持下去。你没必要愁眉苦脸的，你要做的就是做好试镜的一切准备，然后静静等待那个重要时刻的到来。请一定要开开心心，高高兴兴的。还有要多想想我，我没有你完全不能活，你是我活下去的动力。我永远爱你，我的玛尔塔。

你的老师

1931年8月1日

玛尔塔·阿芭收

阿斯托莉亚与贝尔格拉诺酒店

塞拉路1号

意大利　热那亚

1931年8月1日

拉佩罗斯街1号

我的玛尔塔：

这是我从新家给你写的第一封信。现在是下午六点一刻，我终于把东西收拾好了，至少大体上收拾了，累得要命。

今天早上我收到了你昨天发来的电报。我注意到发送的时间，你是昨天晚上十一点十分给我回复的，可能那时你刚忙完回到酒店。我还注意到另一件让我欣喜的事情，就是你开始说“会给你写信”，而不是“已经给你写过信了”。你之前的一封信说：“今天是周六，准备去海边晒太阳。”今天就是周六，也就是说你有一个星期没有给我写信了，可能你这七八天里都没有想过我，而我却无时无刻不在思念着你。你看每天的日子都那么长，你一定是能找到一点时间给我写信的。我是如此地悲伤，如此地孤单。我甚至都怀疑过我给你写的那么多信，你是不是有的都没有收到，但是我觉得这个可能性并不大，我知道我现在有多么可怜，而你却连只言片语的安慰都不愿意施舍给我。我也知道我这样给你写信就像个傻子，这对我来说很重要，因为这一个星期里，你没有片刻思念过我，没有给我写过一行字，即使你有大把的时间也不愿意给我回信。我曾因此而愤怒，跟你挑明，甚至给你带来了不悦。请原谅我，我的玛尔塔，但我实在承受不了你的冷落。你的冷落折磨着我，让我没有心情做任何事情，让我变得古怪暴戾，就像一个重伤的病人，谁的话都听不进去。我又开始失眠了，什么都不想干，阴郁得像是暴风雨来临前的夜晚，我感觉只要来一道闪电，我就会粉身碎骨。我真的受不了了。

现在我又好了，正如你现在看到的那样，我的精神状态又恢复到了最好的时候，我又搬了新家。在等待一个星期后，以为可以等来你的信，没想到只是一封电报，对于我的抱怨，你只是轻描淡写的一句“会给你写信的”。好吧，希望一切顺利吧，否则……

现在我这儿也已经到处是你的照片了。你微笑的那张我放在书桌上，但是我现在完全不能看那张照片，因为我实在承受不了这微笑现在所带给我的伤痛。哦不，其实就是这微笑，这照片上的人一直帮助着我，启发我写出《如你所愿》，并一直安慰着我。但为什么你的微笑现在看起来是那么冷酷无情呢？

我的玛尔塔，请原谅我给你寄去这样一封信。但请你理解我正遭受着巨大的折磨，这痛苦迫使我必须给你写信，你会原谅我的，你会可怜我的，你会想跟我说些温柔的话好好安慰我的。我真的非常非常需要你！如果我俩之间的距离终将归于沉默，那么还是让死亡来结束这一切吧！

你的老师

1931年9月15日

玛尔塔·阿芭收

皮佐·斯卡林诺旅馆

卡斯伯乔 宋德里奥省

意大利

1931年9月15日 巴黎

我的玛尔塔：

今早刚一到巴黎，我就光荣地感冒了，尽管这里还出着太阳呢。但是这个太阳并没什么温度，巴黎还是很冷的。更糟糕的是，周四早上我还得拖着感冒的病躯去里斯本。我今天、明天会待在巴黎，然后就要踏上两天一夜的漫漫火车旅程。我希望到葡萄牙的时候身体能好一点，但是照现在的情况看不那么乐观。

你妈妈、爸爸还有你妹妹自始至终对我都非常好。他们先是去火车站接我，送我到宾馆，然后你爸爸和妹妹又开车把我送到火车站。爸爸去买报纸的时候，我把你妹妹切莱叫到一边，送给她一枚小戒指，告诉她她以后工作的过程中可能会用得到，我还说想给她置办一身新的行头。但是不知道为什么，切莱一直拒绝我，尽管她知道新的行头对她以后肯定会有帮助。我真的感觉无能为力，也不知道如何继续坚持。也罢，然后我就出发去巴黎了。一路上我并不是很高兴，像往常一样，我开始思念意大利的美景，卡斯伯乔的阳光，山林间你微笑的面庞，远处白雪皑皑与苍翠浑然一体的壮观。到了巴黎，我看到科林在等我，同时他还带来一些好消息。拉姆勒①会在巴黎上演意大利语版的《一如从前，优于从前》。你会来巴黎演出，但是这会安排在美国的巡演之后，所以我们还有很充足的时间准备。哥伦比亚电影公司对于我的《六个剧中人》的剧本很感兴趣。舒贝特考虑 11 月份在纽约隆重推出《今晚我们即兴演出》，但是具体的对接公司还没有正式的回应。我将《如你所愿》的英文译文用挂号信寄给你，现在已经正式出版了。和意大利语版一样，上面有我写给你的献词。美国著名作家普特南在序言中也专门提到了你，他说："玛尔塔·阿芭在米兰精彩绝伦的表演让我记忆尤深。"我到了里斯本以后会给你写信，告诉你预计停留的时间，我觉得差不多要十天左右，他们似乎给我准备了盛大的欢迎仪式。我到那儿以后会告诉你那里的进展和我对里斯本的印象。我会住在这个地方：

---

① 小卡尔·拉姆勒（1908—1979）：生于美国芝加哥，德国裔犹太人，美国电影制片人，环球影业创办人卡尔·拉姆勒之子。1928 年—1936 年期间掌管环球影业。奥斯卡金像奖得主之一。

埃斯托里尔宫
埃斯托里尔
葡萄牙 里斯本

埃斯托里尔宫是饭店的名字，埃斯托里尔是城市的名字，它是里斯本的一个独立的附属市。其实去里斯本我非常乐意，只是这长途的旅行实在让人头疼。但是我现在别无选择，只希望这趟旅行能带来点好消息。我的玛尔塔，请一定照顾好你自己，不要感冒受凉了，卡斯伯乔的天气一旦有变化，一定要格外注意。我看见你在你的小房间里，外面就是广袤的大地，远处还有起伏的山脉，阳光洒满这一切。请不要让我苦苦等待你的消息。我现在给你写的这封信，明天会寄出去，我会用快件邮寄，它会像闪电一样到达你的手里。我回来以后就会给你置办一个小的书桌的。请让我在里斯本收到你可爱的书信吧。请保持愉快的心情，平和的情绪，一切都会顺顺利利的。要注意，不要感冒了。还有就是要多想想那个永远爱你的我。

你的老师

1932年1月18日

玛尔塔·阿芭收

奥莱里奥·萨菲路26号

意大利 米兰

1932年1月18日，巴黎

我的玛尔塔：

昨天一整天我都在想你坐在火车上的场景。旅途是那么漫长，你一定无聊坏了，周围都是行李箱，而又必须在这样的车厢里待上一整天，可能你还会感到很孤独，或者会遇上更糟的情况，周围都挤满了人。我都不知道自己看了多少回时间，预估着你快要到站了。我总是想着，玛尔塔现在已经到了贝尔福①了，现在是三点；现在应该到瑞士了；现在应该差不多进入意大利境内了……我想大概还有一个小时你就差不多得下车准备出关了。当时钟终于指到十点四十五的时候，我终于可以长舒一口气了，因为现在意大利的时间是十一点四十五。我可以想象到你刚下火车就抬头看见的你父母已在车站等待着你。我还可以想象到你坐进你爸爸的车里，你们一家人在米兰的大街小

① 贝尔福：法国小城。

巷穿梭，开开心心地回家。现在，我看见你坐在你的小房间里……你急切地告诉你的爸爸妈妈你这次出行的见闻，也等待着爸爸妈妈告诉你点儿新的消息。我真的很为你高兴，你拥有人生在世最美好的两样珍宝：家庭和房子。这两件珍宝，我从来没有拥有过。

你可以想象到我现在的状况。但是我一点儿都不会告诉你，省得惹你烦神。我求你，我的玛尔塔，千万不要让我失去你的消息。昨天晚上，我晚上十点才到家，然后我就立刻陷入了对你的思念，我想着你还有不到一个小时就要到米兰了，这是长途旅行最难熬的时光。到了十一点的时候，我突然有种冲动想往米兰打个电话，这样至少可以听一听你的声音，听你说说你的旅行是否一切顺利，你是否一切安好……但是我害怕这么晚了打扰到你，打扰到你和你父母的团聚。我挣扎了好久，然后我控制住了给你打电话的冲动。于是我给你写信，自己读了一遍，然后进房间准备睡觉。

今天一上午我都在写为你准备的喜剧剧本。我希望能早点完成这部剧，如果我的精神和灵感都争气的话。但是我还得在巴黎多待一段日子，因为我得盯着你的电影片约和戏剧演出的事情。今天下午我可能会出门见一位英国的评论家。

还有关于《里奥拉》[①] 的一些事情我需要赶紧回复，虽然并不是什么特别重要的事情。

请立刻给我写信，我的玛尔塔，求你了！代我向你的爸爸妈妈问好，送上我诚挚的祝愿。请一定好好保重自己。

你的老师

1932年2月1日

玛尔塔·阿芭收

广场酒店123号

意大利　罗马

1932年2月1日

我的玛尔塔：

当你收到这封信的时候，我想你可能会在罗马看见它（因为我已经事先留了条，如果收信人已离开，请寄到罗马的地址），不管怎么样，你的面试应该都已经结束了，我焦急地等待你给我

①《里奥拉》：皮兰德娄在第一次世界大战期间用西西里方言写成的一部喜剧。

发份电报，告诉我你面试的结果。你跟随着你灵魂的指引，是上帝将这样一种神圣的冲动赐予了你，希望没有空欢喜一场。我在远方，遥祝你一切顺利，但是我还是很焦虑的，我知道你最近因为一些事情被中伤而耿耿于怀，所以不论你的表演如何，你都会不满意的，你是那么追求完美，你的身心是那么高贵无瑕。你需要消除你内心的苦恼，原谅这一切，这样你就能走出这个困境。或许你能够通过这次的经验，能够在你的内心找到全新的力量和勇气，去重新定义痛苦所带来的成长，从而成为更加伟大的你。这只有你自己能够帮助你自己，你怎么能指望他人呢？用外在的手段、方法来保护或者放置你受到这样的对待，这反而是在害你。这你是很清楚的，你并不需要外在的保护。当你想尽办法自我保护自我封闭的时候，你知道别的女演员们有多么高兴吗？你是知道的。只有你自己的学识才能将你从这不平等的境地中真正解救出来。你必须认识到，你和其他的女演员不一样，你不需要她们那些小把戏，你就是鹤立鸡群的那一位。你难道在指望其他人帮你发出这样一条可笑的命令，命令其他人“必须给予玛尔塔·阿芭最公正的待遇，因为她遭受了不公正的对待，她富有青春活力的表演被评论界大大贬低，她的表演是富有感染力的，是必须为大家所认可的，玛尔塔·阿芭是一位极具价值的好演员”？

这命令里面每一个字、每一句话说的都是真的，对于你的评价、你所获得的成就都是中肯的。你觉得有可能会有这样的命令出台吗？你觉得你可以获得这样的一种保护吗？事实上，这样的命令不可能出台，正是因为他们害怕给予你公正的待遇，害怕承认你被歪曲误解了，你被消极打压了。这就是残酷的现实，玛尔塔，真正的成就、真正的伟大都不是靠报纸的专栏来决定的，唯一衡量的标准只有一个，那就是——历史。人们或者活在当下的生活中，或者活在被记录的生活里。被记录的生活就是历史，当下的生活就是报纸的报道。活在专栏里的注定进不了历史的记录册，而被记录在历史中的不会在意报纸怎么写。真正清醒的人、伟大的人都有足够的耐心等待，他们很清楚自己不会白白在人世间走一遭，他们更不会期望生活给予他们优于别人的桂冠。他们生来便淡薄，因为对自己非常自信，他们不会看着荣誉。

我等着你给我回信，这样我好知道该往哪儿给你寄信。巴拉托罗[①]今天可能会去找你，要不就是明后天，他一定会到广场酒店找你。他问了我你在罗马的住处和停留的时间，说希望在他周五出发去巴黎前，和你见上一面，商定关于《一如从前》法语版和意大利语版的演出细节。你自己和他谈吧，或者你可以问一下

① 巴拉托罗（1882—1949）：意大利律师、政治家、电影制片人。

你爸爸妈妈的意思。我不太清楚这个事情。你为什么这次要住广场酒店呢？你好像从来没有住过那里。我只是模糊记得这个酒店在西班牙广场附近，但是具体的想不起来了。对于罗马，我几乎什么都想不起来了。

好了，明天再说吧，或者尽快联系吧，我的玛尔塔。我等着你的消息，请一定保重好自己。

爱你的老师

1932 年 6 月 3 日

玛尔塔·阿芭收

奥莱里奥·萨菲路 26 号

米兰

1932 年 6 月 3 日　罗马

皮耶蒙特路 117 号

我的玛尔塔：

我收到你 1 号晚上的来信了，我很高兴你开始了你的驾校第一课。这样十五天之后你就不再被禁锢了。被禁锢着的你，注定什么都无法真正实现的。我仿佛已经看见你驾着车在从米兰到维亚莱乔[①]的山间道路上飞驰了。谁还能留住你呢？我得知你和利伯蒂就剧团的事情协商过，这事情你爸爸也知道。我印象中你是不会和苏维尼・泽尔博尼剧团[②]合作的，因为他们开出的合作条件实在苛刻，你是不会同意的。我希望你爸爸那边可以为你购买四个月的保险，这样对你是最好的了，为了你的自由，也为了你的兴趣，以防万一，这是最好的办法了。我等待着关于保险的后续消息。你觉得苏维尼・泽尔博尼剧团会给你多少小型戏剧表演的机会呢？我告诉你，他们一个都不会给你的，不管什么样的都不会给你。玛尔塔・阿芭自己可以做好小型的剧团，玛尔塔・阿芭不会和那些奸商们同流合污。总之他们给我的印象很不好，这个剧团不讲信用，而且还趁火打劫，他们的头儿是个十足的门外汉，他做剧团，但是另有所图。

奇尼思电影公司[③]要和我们合作了。大家口中疯传的消息都是真的，一点儿也不假，奇尼思公司要来米兰了。他们现在做的

---

① 维亚莱乔：意大利著名海滨城市。

② 苏维尼・泽尔博尼剧团：成立于 1907 年，是米兰的一家戏剧公司，后改为音乐制作公司。

③ 奇尼思电影公司：意大利电影制作及发行公司。奇尼思公司发行了意大利第一部有声电影。

电影都是有口皆碑、有目共睹的，接下来我还会让大众们为我疯狂，我需要所有人都为我而痴狂，我想干点儿大事。他们让我给爱森斯坦[①]写了封信，他可是现在俄国甚至是世界上最棒的导演，我们想问问他是否有意愿从莫斯科过来拍我的电影，你看他们想做一个“世界性”的东西。如果有爱森斯坦的加入，那么这部电影一定会在美国上映。请你出演电影的提议已经被认可了，三天后你就会收到一封邀请信。我让他们赶紧邀请你，因为我知道法国那里也有不少邀约等着你。刚刚我收到了刚刚敲出来的剧本主题，我也给你寄去，这样你可以先看看角色。我的合约已经签了，定金也已经收到了。现在我就等着收到最终的剧本，并期待一个叫作索尔达蒂的年轻聪明的小伙子来帮我拍戏了。他在美国待了很多年，对这方面很在行。但是现在我还是有事可做的，毕竟电影的主题是按照电影的思维想出来和写出来的，我得好好思考思考。与此同时，我们等待着那些外国导演们的回复（我们还给帕布斯特[②]写了信），还有一些要和国外方面协商确定的地方。电影七月份估计还开拍不了，八月份应该差不多，最晚不会

① 爱森斯坦（1898—1948）：苏联电影导演。

② 格奥尔格·威廉·帕布斯特（1885—1967）：电影导演。

晚过 25、26 号。最近我会待在罗马工作，至少会待到下个星期六，那天我应该完成电影剧本。我手上还在写《被掉包的儿子的童话》，我希望能尽快结尾。我现在很不舒服，真是奇怪。我在罗马也算是待了三十年了，但是我现在一点儿都不喜欢这个城市。我吃得很少，消化也不好，睡眠也不好。现在我的脾气也很暴躁，总是感觉胃胀、头疼。我给博塔依[①]打了个电话，他说他马上要出发，两天后会给我打回来。《好好想想吧贾科莫》在罗马这里掀起了狂潮，剧院已经连续上演了六场，而且场场爆满，街头巷尾的人们都在热烈讨论这部戏。可以说，这是一场完完全全的胜利。好了，就说到这里，我的玛尔塔，给我写信，但是我想要的是"我的"玛尔塔给我写的信。请一定保重。

永远爱你的老师

① 博塔依（1895—1959）：意大利律师、经济学家、记者。

1932年8月4日

玛尔塔·阿芭收

梅察卢娜别墅

费奥利达海岸

维亚莱乔

1932年8月4日

我的玛尔塔：

你的电报和来信我都已经收到。不过你信上说的事情，之前尼克拉·德·皮罗已经电话告诉我了。昨天我还收到德·菲奥的一封信，我转述给你听。

“尊敬的大师：

近日我收到米高梅[①]的来信，上面说：‘我们非常抱歉无法及时将路易吉·皮兰德娄所著的《一如从前》电影拷贝寄到贵处。贵方于十日前提出申请，但鉴于目前欧洲与威尼斯之实况，我们无法满足贵方的需求。同时我们将尽力协调此事，以期合作愉快。’我们最大的愿望就这样落空了。尊敬的大师，我们一直满怀

① 米高梅公司：1922年创办，是一家美国的媒体公司。

希望，期待着能请您到威尼斯来。我希望无论如何能与您当面洽谈此事。您最真挚与忠诚的鲁奇安诺·德·菲奥。”

这封信是从大洋饭店寄出的。你看，信上的内容可以轻而易举地将现在疯传的流言击碎，演出不能在威尼斯进行，并不是因为这部电影在美国不受欢迎。倒是你猜得很对，是米高梅没办法及时把电影的拷贝寄到威尼斯。现在那些筹备首映的人们估计正着急上火地和各家报纸联系，把电影不能在威尼斯上映这件事情当作一个突发事件在报纸上大肆宣传呢。他们同时还应该继续给米高梅发电报要电影的拷贝，因为总有些坏人，看见我的电影没有照计划排上，就会说是在美国不受欢迎的缘故。我已经派人代表我去威尼斯沟通了。我也给德·菲奥发了封电报，我是这么写的："我需要全力专注在我的新作品上，请电商米高梅公司，尽量避免类似错误，全力保证我的电影在威尼斯上映。"这件事好歹告一段落。后来科林又给我来了一封电报，询问同样的事情。我回答他说："米高梅无法按照预计时间寄达我的电影拷贝，我亲自去威尼斯也于事无补。你们可以到利沃诺来看我。祝好。皮兰德娄。"如果他真的来找我，我想我们回去维亚莱乔转一圈。我一到利沃诺，马上就投入了工作状态。我还会在这里工作一两天，估计很快就可以写好《寻找自我》。然后我会去罗马几天，我已经写信告诉切齐[①]我的计划了，我们打算好好谈谈现在的电影，当然，我们还会谈到你。这里真是舒服极了，简直是天堂，景色美极了，比维亚莱乔还要漂亮。我跟你说，这里真的就是天堂。我现在每天就在海边工作，晚上散步的时候还能看见好些熟人，达米科[②]、尼诺·巴尔托乐迪[③]和他的妻子帕斯卡洛萨[④]、帕沃利尼[⑤]，还有其他写作的人。明天伯坦佩利也会过来。告诉我你是否会回米兰，告诉我你的消息，我的玛尔塔。尽管这里景色美丽，我还是无法忘记我的明月。我的心里都被你填满。我要继续工作了。代我向你的爸爸妈妈，还有妹妹问好。请一定多多保重。

永远爱你的老师

---

① 切齐（1884—1966）：意大利文学及艺术评论家，被誉为意大利二十世纪上半叶最伟大的文化新闻人物之一。

② 达米科（1887—1955）：意大利戏剧评论家、戏剧理论家。

③ 巴尔托乐迪：生卒年不详，意大利画家。

④ 帕斯卡洛萨（1896—1973）：意大利女画家。

⑤ 帕沃利尼（1898—1980）：意大利作家、导演、文学评论家。

1932年11月8日

玛尔塔·阿芭收

埃克斯希尔酒店

意大利　那不勒斯

1932年11月8日　巴黎

我的玛尔塔：

我收到你寄来的祝福电报了，现在我又得知《寻找自我》获得了巨大的成功，你可想而知我现在是多么地开心。我给你去的电报里已经详细说了《寻找自我》在巴黎上演的盛况。现在我想跟你分享我对于昨天晚上首演的一些想法。亚莫斯①真的把“伊涅塔”这个角色演活了，看着她的表演，真的能感受到角色的生命力，我觉得这是她职业演艺生涯中最好的一次表演。相对于第二幕，我个人比较喜欢她在第一幕中的表演，第三幕介于中间。但是无论如何，她总还是比不上我的玛尔塔的，就算是她在第一幕里面的表演，也比不上你，她在第二幕里面的表演跟你更是差远了。你最卓越不凡的特质就是你血液中那天生的热情与真挚。

---

① 亚莫斯（1903—1964）：法国戏剧女演员。

你看现在的这些所谓的科班出身的戏剧演员，他们都是在死记硬背，在玩一个表演游戏，而不是真的走心的表演。我看着所有人为亚莫斯鼓掌欢呼，我心里就想：要是这些观众看的是我的玛尔塔的表演就好了！在第三幕中，拉莫斯多少还是显示了一些戏剧激情的，有那么一两句台词，真的很打动人心。巴蒂[1]的导演真是非常棒。在第一幕中，他们用一种神奇的同时浩大的手段营造了浓厚的柏林氛围。伊涅塔在一群醉汉中间的上场也让人印象深刻。拉莫斯的服装美极了，纯白色的丝绸裙子，饱满充实，配上黑色的装饰。灯光的运用也恰到好处。合唱的部分也是加分的部分，但是这一切都还是归功于巴蒂。演出后，现场热烈的掌声和欢呼经久不衰，观众们都沸腾了。我在指挥台上，后来我也被请到台上一起谢幕。丹尼斯·阿米尔[2]等一些法国著名的作家和评论家都来祝贺我。曾有人评价我的《一如从前》是我最棒的作品，现在看来他们得改口了。其实这并不是最好的时候，意大利和法国之间的关系还是相当紧张，巴黎这里排外的情绪相当严重(现在只要是外国人，巴黎人似乎都很仇视)。但我在这里还是有

---

① 巴蒂（1885—1952）：法国戏剧导演。

② 阿米尔（1884—1977）：法国剧作家、作家、戏剧评论家。

朋友的，这次的成功是大家的成功。巴黎现在的日子不好过，人们的情绪都很压抑，这一点我感受得很明显。

莫提勒夫来找我了，他昨天晚上就去剧院那里等着我……

他终于走了。可怜的莫提勒夫，很棒，很有才华也很聪明，可是他一说起话来，真是让人窒息！他说了整整一个半小时的话……他要回荷兰了，他要把奇亚莱利①的《面具和脸》搬上舞台，当然他还想再回到意大利。他还告诉我，十月份在阿姆斯特丹要上演《给赤身裸体的人穿上衣服》。这事根本没有人知道。好了，不说了，已经很晚了，我的玛尔塔，照顾好你自己。所有人都记着你，所有人都喜欢你。代我向你的父母问好，注意身体。

永远爱你的老师

① 奇亚莱利（1880—1947）：意大利喜剧剧作家、作家、记者、戏剧和电影评论家。

1932年12月1日

玛尔塔·阿芭收

玛尔塔·阿芭剧团

马西莫·贝里尼剧院

卡塔尼亚 西西里

1932年12月1日 罗马

皮耶蒙特路117号

我的玛尔塔：

昨天我刚从米兰到罗马，就有一堆事情需要我处理。我有很多消息要和你分享。但是首先我要告诉你的是，你的妈妈热情款待了我，她最近身体很好呢，我想她接下来会和你妹妹一起南下去那不勒斯。我还知道从特拉帕尼给她发电报，让她给我来个电话。我刚接起电话，听到你妈妈的声音就知道，我在去罗马前要去你家吃顿晚饭了。我还收到挪威方面来的一封邀请，邀请我出席在奥斯陆举行的一个庆典活动。这会是一个官方活动，我会和我们的外交部长一同前往。他们还告诉我一个秘密（你一定不要和其他人说），他们说这预示着我可能会被提名来年的诺贝尔文学奖。我的参选其实已经筹备好几个月了，是法西斯政府文化界的领军人物乔瓦尼·秦梯利[1]为我张罗的，他还派了罗马大学的加贝蒂教授亲自去瑞典邀请皇家学院的成员们参加关于我以及我的作品的研讨会，希望能够获得他们的青睐，这些成员们可是掌握奖项归属的重要角色。现在让我去奥斯陆也正是秦梯利的意思，让我代表意大利，先去挪威，后去瑞典的斯德哥尔摩。我 4 号从罗马出发，7 号到奥斯陆，一直待到 9 号，然后再启程去斯德哥尔摩，在那里再待四五天，大概 16 号的时候回到罗马。我真不想折腾这么一大圈，可是我有什么办法呢？他们说我必须去，去了有好处，那我就去吧。还有个事情，萨尔维尼[2]来米兰找我了，我知道他和鲁杰里[3]最新的演出不是怎么成功。他来找我是希望能为冯塔纳·贝纳西公司牵线搭桥，做一个我的戏剧作品的巡演，具体的事情由冯塔纳公司操办，巡演的资金，你估计也猜到了，由银行家卡洛·奥尔西来出，他还是意大利信贷的主席，他和冯塔纳私交甚好。我在米兰的时候和奥尔西吃过一次饭，觉得他还是有实力出资的，如果我要做这次巡演，我想找贝纳西来主演。在米兰的时候，我没有答复他，没说答应也没说不答应。萨尔维尼为了吸引我，说冯塔纳公司最有意向的是我的

① 乔瓦尼·秦梯利（1875—1944）：意大利的一位新黑格尔唯心主义哲学家，曾担任墨索里尼时期意大利教育部长。

② 萨尔维尼（1890—1955）：意大利演员，约出演三十余部无声及有声电影。

③ 鲁杰里（1871—1953）：意大利戏剧及电影演员。

《今夜我们即兴演出》。昨天我和作协的朋友也谈了此事，他们建议我接受这个邀请，当然前提是演出公司必须完全尊重我们作者的权益，我们可不想冒一丝风险。男演员中，除了鲁杰里，我还没有发现比贝纳西更棒的。我也相信，经过我的调教，萨尔维尼也会演得很棒的。我在法国的时候可是相当风光，还有《寻找自我》的版权已经卖到美国去了，价钱相当好。我回来的路上，无论你在哪里我都会去找你。请保重你自己。

永远爱你的老师

1933 年 1 月 3 日

玛尔塔·阿芭收

超级影院剧场

撒丁岛　卡利亚里

1933 年 1 月 3 日　罗马

皮耶蒙特路 117 号

我的玛尔塔：

新的一年刚刚到来，可我现在却非常愤怒。我收到了《寻找自我》在美国演出的合同，上面写着两千美金（大约是四万里拉）另加票房的提成。我们“亲爱的”科林先生，没有先给我签这份协议，而是通过巴黎的某一个人，不知道是谁，交给了美国女演员费尔古森。可是这份协议和制片方给费尔古森的协议有不小出入，我们这才发现原来科林做了两份不同的合同，一份给我，一份给费尔古森，而且费尔古森的提成比我的还要多。多亏这第二份合同露出了马脚，要不我至今还被蒙在鼓里呢。我的愤怒你可想而知了，我立刻写信告诉科林让他们立刻修改协议，并按照制片方的意思重新签订，而且必须我先签字，才能让费尔古森签。事情不会这么轻易结束的，可有的闹了。

我亲爱的玛尔塔，我现在很累，感觉非常沮丧，我感觉自己被别人转来转去，还都是些小偷和笨蛋。他们的所作所为真是让我头疼，让我寒心。我感到非常痛苦，你可以想象到我现在的精神状态是有多么差。我就是在这样的糟糕境地下过我的新年的。

我收到你的祝福电报了，也收到剧团发来的祝福了。真好，剧团又回到你身边了。我给你回复了，对你们表示感谢，祝你们一切顺利。但我还是想知道你的近况，你在卡利亚里的演出怎么样。如果你实在没有时间给我写信，那至少请你给我发份电报，告诉我你回到奇维塔威亚[①]的日期和时间，因为我的思想会开着

① 奇维塔威亚：意大利港口城市，从这里有往返撒丁岛的轮船。

车在港口等着你，和你的爸爸妈妈一起开车带你回罗马。我等着你，等着你的电报，如果你真的没有时间给我写信的话。我亲爱的玛尔塔，你是我身处的这片无尽的、令人窒息的黑暗中唯一的光亮，也是我唯一的氧气。我有预感我活不到明年了。我坚持不下去了。

最后，我的玛尔塔，你一定要照顾好你自己。

永远爱你的老师

1933 年 2 月 9 日

玛尔塔・阿芭收

维多里奥・埃马努埃尔剧场

都灵

1933 年 2 月 9 日　罗马

我的玛尔塔：

你跟我说你近期会住在你朋友家，请确认是否是伽利略・费拉里斯路 77 号，这个地址正确吗？我还是先把这封信寄到维多里奥・埃马努埃尔剧场吧。

我希望你在佛罗伦萨演的另外两场和你的第一场演出一样让你满意。罗马这里的日子很难熬，罗马这里的戏剧环境已经到了让人无法呼吸的地步了。这里所谓的戏剧专业评论家们只会不懂装懂、卖弄学问，穷讲究却不关注实质，他们一次又一次地违背上帝的本意而不自知，这样的愚蠢是任何一个艺术家都无法忍受的。

但是对于你在罗马的演出季，我还是完全支持的，不论演出的上座率多么低，票房多么惨淡，你的演出还是具有正面的意义的，至少你的演出是一个艺术的演出，这一点毋庸置疑。如果他们，那些所谓的评论家们也承认这一点，那自然最好，你已经是一个伟大的演员了。但是别忘了他们之前可不是这么说的。可惜世界本就是如此，最不希望的事情往往最容易发生，我现在就是如此，我好想每一天都努力地做自己，然而我的双腿却绵软无力。我真的不能坚持下去了。

我还在等科林给我的回信，我大概十天前给他写了信。我知道现在这个情况下给我回信，他也感到很为难。不过我还是会继续等待，我打算晚上的时候给他发一封电报催一下。如果他还是不回复的话，我就和我的律师毛里一起直接去巴黎把我的文件拿回来。

最近我在筹备建立罗马国立剧院的事情，我们打算不使用长椅，只用单个的椅子，取消所有隔间，让整个剧场可以同时容纳一千两百人在同一个空间里面看演出。我的这个设计，资金上应该没有什么问题，已经谈妥了，现在我就是要从艺术设计的角度进行进一步的细化了。等剧院完工了，我要请我们的元首来参观。这是我留在意大利的最后的尝试，如果这次也失败了，那我再也不会回来了，再也不会踏上意大利的土地了。好在我还有残生让我知道谜底到底是什么。我们不要谈什么孤独了，我永远战胜不了孤独。但是意大利的戏剧还是有希望的，至少我永远是戏剧上的胜者。

好了，就说到这里，我的玛尔塔，我需要你的消息。代我向你的妹妹问好，还有你的朋友们，我真希望能够再见到咱们在都灵的那些朋友。请你健健康康的，天天快快乐乐的。要常常想我，你放心，我对你的爱是没有尽头的。

永远爱你的老师